小川未明

童话故事选译

李晓光

櫂歌書房

First published in Japan in 2023 by Touka Shobo,
Tel: +81-92-511-8111
(092-511-8111 in japan)
Fax: +81-92-511-6641
(092-511-6641 in japan)
e-mail: e@touka.com
Address: Sarayama 4-14-2, Minami-ku,
Fukuoka 811-1365, Japan

Library of Congress Cataloging-in-Publication Data
ISBN 978-4-434-32413-0

First Edition

父亲与自行车

吉坊央求着父亲给自己买自行车。父亲却摇头说：“那东西就算没有，也不耽误你玩。要是骑自行车让其他孩子受了伤，那就麻烦了。等你长大了买”。

“阿清和阿德他们都有，就我没有。我觉得好无聊。”当吉坊意识到无论自己怎么哀求都没有用时，只能无奈地叹了口气。他也知道父亲只要一有钱，就会立刻去喝酒。

吉坊出门的时候，看到朋友们在骑自行车，他羡慕地望着他们快乐的样子。

他看着阿清凌乱的头发，想着“如果我也能那样飞快地骑车，那该多有意思啊。”

吉坊将双手放在头上，如果阿清朝着那边骑去，他就目送着他去那边。如果阿清朝着这边骑来，他就注视着迎接着他。

阿清知道吉坊站在那里看。并且，他也没有忘记，今天放学回家的路上，他被豆腐店的长二欺负，是吉坊帮了他。当他注意到吉坊呆呆地站在那里，看着自己骑车时，他将车停了下来。“阿吉，坐到我后面，我来带你。”吉坊有些不敢相信阿清说的话，确认道：“可以吗？阿清，我可以坐在你后面吗？”说完，便坐上了车。吉坊扶着阿清的肩膀，阿清握着车把手。两个人一口气跑到了从未去过的很远的地方。“阿清，你经常来这么远的的地方吗？”“不是的，因为今天和阿吉你一起，我才来的。”阿清坚定地说。然后，两人在不常走的路上绕了一圈又一圈，才念念不舍的回家。就像进行了一场非常远的旅行一样，感到很开心。

吉坊感激地说：“谢谢！”“阿吉，下次也让你爸爸给你买自行车吧。”吉坊听到后沉默了，露出难过的表情。“这样加上阿德，我们三个人就能一块儿骑了。”阿清不知道吉坊的心中所想，开朗地说着。

吉坊在学校里参加跑步，因为不会输给其他选手，所以他在跑步方面很有自信。吉坊想着“即使没有自行车也行。”但是，他一回到家，就看到阿清和阿德在一起骑车。

“阿清，一起骑吧。”阿德说。两人骑着相同型号的红色自行车。“嗯，骑到马路那边的拐角吧。”阿清回答道。此时，在一旁的吉坊，因为只有自己一个人被留下来而感到难过。他说：“我跑步很快。所以，带我一起吧。”于是，两人骑车走后，吉坊满脸通红地追了上去。

恰巧这一幕被从外面回来的吉坊的父亲看到，他对这一副可怜巴巴的样子感到生气，他瞪着吉坊。但是，沉浸在跑步中的吉坊并没有注意到。

“唉，都是我不好。”父亲在心中流泪道。当晚，父亲一边摸着吉坊的头，一边说：“傻瓜，居然追着自行车跑。过个两三天，我给你买一辆吧。”不久后，戒了酒的父亲不知道从哪里找了一辆旧自行车给吉坊。

去往蓝色星星的国度

百货商场里，总是如同春天一般。这里有各种各样的香气，还能听到美妙的音乐以及盛开着的兰花。

一直都很活泼的年子，此刻觉得自己很孤独，她柔在软的凳子上，陶醉地看着眼前的景象，仿佛身处梦境一样。

“这种华丽的氛围还会持续多久啊。再过两三个小时，大家就不知道去哪里了，这里又会重新回归冷静昏暗，一定会很寂寞的吧。”她这样空想着，忽然脑子里，浮现出一片云朵，觉得寂寞的不得了。

从这里出去，走过明亮的马路转到了小路后，附近已经完全被夜色笼罩了。因为冬季白昼较短的原因，所以夜色相当昏暗。原本一片寂静，突然从远处传来汽笛的声音。

“啊，蓝色，蓝色的星星啊”

朝电车站走去的途中，忽然看见了天上的一颗星星，就这样说道。那颗星星就这样总是闪烁着蓝色的光辉，还是今晚看起来显得很特别呢？

她下意识地说道“我出生在北国，那里的星光很强，看起来就是蓝色的啊。”年轻的上野老师的话语还留存在她的记忆里，而且不知何时想起了那个曾经很喜欢的老师。

她连电车都没坐，已经走过了好几个站。她不仅觉得这样黑暗的道路更适合思考，而且还觉得好不容易夹杂着一丝愉悦的空想，思路如果因为混乱而被打断就很可惜。

老师一到年子去上课的时间，就站在学校的后门，目不转睛地眺望着一条小路。到了秋天，那里种植的樱树就变成了黄色， 叶子也纷纷掉落下来。而年子一看见老师的身影就摇晃着红色的书包跑过来。

“因为太晚了，我就在这等着你呢。”年轻的上野老师笑眯眯地说到。

“因为叔母派我去做了一些事情，所以有些晚，真的十分抱歉。”年子这样说到。在教室里能从窗户那里看见远处森林的顶端。

她是跟着老师来学英语的，一聊天才知道老师在很小的时候失去了父亲，是母亲将她养育成人。所以如果你也了解这世间的苦劳，便总会觉得那道身影中有一些寂寞。

“我的身体不是十分强壮，而且故乡也十分寒冷，虽然不是很想回去，但无论如何我都是要回去。”

那天，老师说了这样的话。那个时候年子是多么的惊讶啊，但更多的是悲伤啊！

“老师，我不想和您分开，您要永远待在这里啊。”年子不禁热泪盈眶地说道。看向老师，她竟然也眼含泪光。

“是啊，不过我哪儿都去不了。”老师这样说道。但年子听老师说过，她的母亲弟弟都在乡下的镇上里，等待着她的归去。

而且年子还知道老师的母亲和弟弟都在那个镇上的教堂里当看守人。

但是担心的那一天终究还是来临了。

为了留下美好的回忆，年子在和老师分别的前一天去郊外散步。

“老师，这是哪儿？”在走到有很多不知道的文化住宅的地方时，年子这样问道。

“这个嘛，我也是第一次到这里来。哪里都可以的。只要我们就这样一边快乐地聊天一边散步就好。”

“是的啊，老师，那我们再多走一会吧。”年子说到。

两个人正往下走着。就看到了这样一番美景，没有树叶的枝丫与如同大海的般天空相交织。

“我回去的话一定会有假期的。”老师这样说到。

年子想，那淡蓝色的天空之下，那令人想念的鲜艳色彩，就是老师的故乡吧。

“我一定会去见老师的”她们约定着。于是这个时候，老师紧紧地握住了年子的手。

“虽然很远，但从这里有火车通向我的镇上。乘上汽车的话，就可以带着你直接来到我们这儿。”老师这样说着，同时将黑色的眼睛注视着橙黄色的天空。

能够流走的东西不仅仅只有水。令人怀念的上野老师，回到故乡已经三年了。

在那期间，我收到了老师的消息。信上反复提起北国的星光是蓝色。并且，还提到了在一个寒冷寂静的夜晚中发生的神秘事情。

从看见蓝色星星的那一瞬间开始，她就被一股看不见且不可思议的力量所不断诱惑着不断向北前行。终于在两三天之后。年子一个人坐在了去往北方的汽车中，靠在窗户旁边，看着窗外不断变换的枯萎景象，找到了自我。

从东京出来的时候，车厢内十分热闹，挤满了美丽的人们，总觉得很明亮。随着汽车远离东京，车上的人员不断减少，顿时就显得十分暗淡寂寞了。那个时候汽车正沿着两山之间的深谷行驶。

“啊，山上都是雪白啊，从这里开始就要下雪了。”年子不由自主地瞪大了眼睛。

“翻过山的话，外面的雪有三四尺深，你是从哪里上车啊？”戴着黑色头巾的老婆婆一边吃着剥好的橘子一边说到。有人和年子搭话， 她这才注意到那个老婆婆。看起来像个可怜的人，同时也让人觉得心情不好。

“我是从东京上车的，在下下站下车。”年子说到。老婆婆听后沉默片刻。汽车继续向着雪原前进，终于到达了目的地。但是由于是临时起意，没有通知老师。在这个狭小寂静的车站下车的话，哪里也看不到上野老师的身影。

她把行李拎在手里，一个人走入狭窄拥挤的街道当中。街道，屋顶都被白雪所覆盖住了。凛冽的冷风拂过立在街边的路灯，不知从哪儿传来的枯叶鸣声钻入耳中。

不知道像哪一边拐弯才好，驻足了许久。向过路的人询问了教堂的方位，才知道教堂在离这三四条街的地方。

在快要飘雪的天空下，教堂尖细的三角形屋顶被描绘成了黑色。而旁边的小房子也隐约约地透出灯光。年子想象着见到老师的快乐场景，心情澎湃的走了进去。

一个在准备晚饭，好像是老师母亲模样的人走了出来。年子上前打听，对方在听说她从东京来的之后，语气就变得阴郁起来。

“啊，欢迎您的到来，快请进，快请进！” 她对待年子就像自己从远方回来的孩子一样，十分亲切。年子没有看见老师，便很着急。老师的母亲则态度平静地说：她已经不在这个人世了，去世也差不多快半年了，并说当时没有告诉年子十分抱歉。

听到这里年子的大脑一片空白，在那里崩溃地哭了起来。不久后北国的夜晚重新回归了平静。而寂静在刹那间又转换成了狂风暴雪猛烈地拍打着窗户。在屋子内的暖炉旁边是年子，老师的母亲，还有她的弟弟小勇，三人在聊天。

“你会滑雪吗？”小勇问到。

“我只会一点点。”年子回答到。

“那么明天我们一起去姐姐的墓地吧。”小勇说到。

第二天是一个晴朗的好天气，两个人远离镇上，来到了在林中寺庙的墓地。虽然墓地都被大雪掩盖着，但小勇还是通过树木辨认出了姐姐长眠的那块墓地。

“老师，我遵守约定来见你了，但您已经去世了。我只能一个人孤零零地回家了”年子一边哭着说，一边双手合十。小勇也迎着北风将口琴放在唇边，吹着姐姐喜欢的曲子。

各种各样的花

各种各样的小花带着各不相同的命运在这个世界上生活着。这正好和人类所背负的命运是相似的。

广阔无垠的原野上，紫色的紫罗兰花正在盛开着，而山顶仍然被皑皑白雪掩盖着。虽然说是春天，但也不过是徒有虚名而已，无论望向哪里都如同冬天一般一片萧瑟景象。

从清晨太阳升起再到黄昏太阳落下，紫罗兰都能听到那边林子里的小鸟孤寂的哭泣声，它自己小小的身躯也在寒冷的冬风吹佛下仿佛快被冻僵了。紫罗兰想着“这是一只怎样的小鸟啊，无论如何我都想见见她啊”。时间一天天过去，云朵开始变得明亮起来，天空也开始放晴了。从云朵中倾泻而下的阳光温暖着原野，使人看了心情也很愉悦。然而紫罗兰最终还是没有见到那只鸟儿，它在不知不觉中凋零了。正好这个时候她旁边有一株红色的小花快要绽放了，她看见了紫罗兰自言自语后孤独地凋落的样子。不久后，这朵小花便开德鲜红而美丽，并且在阳光的照耀下显得更加美丽了。

一天清晨，一只漂亮的小鸟飞到了她的枝干上，用婉转的声音哭泣着。这时，红色的小花便向小鸟说到“啊，这是多么美妙的声音啊。您的声音让紫罗兰小姐多么向往啊。她曾说过多希望能见一眼您的身影，可就在两天前她孤独的凋零了，多么可怜啊”

小鸟歪着脑袋听着，之后便回答到：“啊，你说的不是我，应该是蝴蝶吧？像我这样丑陋的样子，她看了的话，也不会开心吧。”

小花听了后便惊讶地问到：“难道蝴蝶很美漂亮吗，会比你美丽数百倍吗”小鸟回答到：“我虽然会唱歌，蝴蝶不唱歌，可是蝴蝶却比我漂亮数倍”。说完小鸟便飞走了。

小花从此以后便一直憧憬着能见一眼蝴蝶的样子。但是，此时的原野还是十分寒冷，柔弱的蝴蝶还无法在外面飞舞。在一个风很大的黄昏，这朵红色的小花也无声无息的凋落了，不得不回到了土地。终究，这朵小花也没能看到蝴蝶的身影。

又过了几天，原野上也暖和起来，各种各样的花儿争奇斗艳般地盛开着。拥有美丽翅膀的蝴蝶停在了像燃烧着一团黄色火焰的蒲公英的花朵上面。其他各种各样的花儿大多都在心里羡慕着蒲公英。那个时候，无论是听到小鸟歌声后想见他一面的紫罗兰，还是从小鸟那儿听到蝴蝶身姿后想看一眼的红色小花，最后都枯萎化为了泥土，完全消失了就连影子也不见了。

蒲公英和蝴蝶快乐地说着话。这是一个平静的好日子。突然，从大地中传来了咔哒，咔哒，咔哒…的声音

“是什么呢？”蒲公英说到。蝴蝶回答到“好像是什么可怕的东西正在朝这边赶过来呢。”

“无论如何，蝴蝶小姐，请您一定要陪在我的身边啊，我害怕得不得了。”蒲公英一边瑟瑟发抖一边说到。“我可不能待在这儿”蝴蝶说完后，便从蒲公英上飞走了。

这时，咔哒咔哒的声音越来越近了。原来是有人牵着一匹大马赶路呢。然后长在路旁的蒲公英被马儿踩碎了。

原野上又恢复了往日的平静。接下来的几天都是晴朗的好天气，也再也没有马儿路过了。

乡下的母亲

在城里做帮佣的小蜜，有一天收到了乡下母亲寄来的一个小包裹。打开一看，里面有一件和服和一封信，母亲的信上写到“想必你也长高了吧。我缝了一件和服，但不知道合不合身。等到收到后，请穿上试试看吧。如果不合适的话，请等到夜晚空闲的时候，修改以后再穿穿看吧”

小蜜进入自己的房间后，试着穿上了母亲送来的和服。她想着在乡下的时候，即使到了新年，也没有穿过这样的和服。不仅她自己，就连在村子里能穿上这样的和服的女孩也是没有的。她沉迷地看了好一会儿自己的样子。正好这个时候，少爷从外面进来拿风筝，看见了小蜜的样子，就笑着说：“小蜜，你穿上这件衣服的话，总觉得像乡下的孩子哎。”小蜜也这样想着“虽然在乡下很漂亮，但是在因为城市里大家都穿着更加美丽的和服，也许看起来就会是那个样子吧。”没一会就变得不好意思了。小蜜一边心里面说着：“为什么母亲没有送来更加鲜艳的衣服啊？即使没有特意送来，我自己喜欢的东西也能在这边做好的。”一边脱下了和服，收进行李里面。

到了晚上，工作结束了。她进入自己的房间后、一个人待着，思绪纷飞就想到了乡下的事情。从行李里取出那件和服来。“母亲从村子出来后，要翻过一座山头，才能到到镇上，在织布厂买了布料后，就返回家中加紧赶制、因为这是要送给我的啊。”这样想着，她再度将脱了一半的和服拿到手上。“会想念母亲的吧。”甚至歪着头看着，母亲的样子也好像浮现在眼前。小蜜将母亲的信在和服上打开，再一次重新读了一遍，还记得那热泪一直从眼睛里涌出来。“好不容易送来的和服，却说不喜欢，会遭受惩罚的”这样想着，她打心里地感到感激，就马上写了一封回信，并寄给了母亲。

有一天，小蜜陪伴着小姐，一起去了百货商店。临出门的时候，小姐说“只有这样朴素的衣服吗？”小蜜的脸都红了，但在心里鼓励着自己。“母亲送的即使很朴素，也没有什么不好意思的啊。”宽敞的百货商店里装饰着各种各样的商品。而且，这里仿佛一直都是春天一样。空气中弥漫着香水的味道，南洋的兰花盛开着，穿着精致服装的男男女女络绎不绝的走来走去，仿佛一群完全不知道世间疾苦的人们聚在一块。小姐说“小蜜，大家不是都在看着你的衣服吗？正因为你穿着这种乡下衣服才不好看的。”听到这里，当时还是个年轻小姑娘的小蜜，就想着“无论母亲送我多少件，还是穿其他的和服好些啊。”小姐买完东西后就让小蜜拿着包，一起去了食堂吃饭，喝咖啡，休息过后，她们便离开了。“小蜜，有东北地区物产的展览会哎，一定会展示你们那儿的一些特产吧”说着，小姐就先一步进入了会场。紧接着，小蜜也跟着进去了。那里摆放着着在乡村制造的纺织品，工具，玩具之类的东西。有在百货商店的其他卖场看不到的商品，虽然不是很华丽，但却朴素美丽，独具一格。小姐一件一件地看了一会儿，突然停下了脚步，说“啊，小蜜这里摆着的布料是来着你们家乡的城镇的哎。哎呀，小蜜，这个布料和你穿着的那个差不多呢”小蜜也看了看，除了条纹花样有点不一样外，这个手织品基本和自己的一模一样。把标着的价格一看，小姐又吃了一惊。“啊，好贵啊”小姐大声地说到。周围的人们看着陈列的布料和小蜜的和服比较了一下，便露出赞赏的表情，仿佛在说这个女孩穿着的和服真漂亮啊。小蜜知道了这个后，第一次感到自己穿着的和服很好，与其说是高兴，更多的是为自己的故乡能够有这样的布料而感到自豪。“对不起啊，我连你身上穿着的是那么好的和服都不知道，竟还说了那样的话。”不久后从会场出来的小姐这样说着并道了歉。小蜜的脸再一次变得通红。但是这一次，她打心里地感到高兴，并且真心感激母亲。

北国的故事

某个地方住着一个过分讲究的人。不管什么时节，想吃什么东西，都会让人跑到各地去寻找。

那个人说："无论花多少钱，都要给我找到！"

有一天，他想吃河鱼，就吩咐男佣去钓河鱼。男佣感到很为难，往外一看，发现外面积了一层白雪。放眼望去，白雪覆盖了地面。这是因为这个村子位于北方严寒国家的一处僻静之地。

但是，他很了解主人的性格，既然说出口了，无论如何都要做到底，所以他没有急忙回答，而是陷入了沉思。主人说："为什么要陷入思考啊?如果你钓到鱼，我就会给你很多钱，你想要什么其他东西我都会给你。这样的话，你就可以拥有自己的家成为主人了。"

男佣听了又不禁高兴起来。如果能得到钱和物品，并且拥有自己的家，那将是多么幸福的事情啊！如果这是夏天、春天、秋天的事，那没什么大不了的，自己也会快乐地钓鱼吧。只是，像现在这样的冬天，实在是束手无策。但是，也正因为做了自己做不到的事，才会得到那么多的奖赏。

男佣说："那我就出去钓鱼了。"

主人说："哪怕一条鱼也行钓到再回来，钓不到就不要回来了。"

男佣听了吩咐就出门了。出门前他知道现在这个时候不管哪里都找不到蚯蚓，所以他打算用饭粒做诱饵，把自己吃的饭团做得很大，然后带着去了。小河都被雪覆盖住了，池塘里也积满了雪，分不清哪里是水田，哪里是旱田，哪里是流水。而且天气很冷，水都结冰了。男佣顶着凛冽的寒风四处徘徊，好不容易来到一条可能是河流的地方，他把积雪扫开，在露出来的一小块河流上垂钓。男佣在心里祈祷："希望能早点钓到。"

这时，飞来一只鸟，落在那边的森林里。那是什么鸟呢?男佣朝鸟的方向看去，忽然听见了"咚"的一声枪响。于是，刚才看到的那只鸟飞了起来，这次它朝着远方飞了过去。正当他在想是谁没打中时，猎人来了。

猎人问道“你现在在钓什么呢?”

男佣回答说：“没什么特别的，就是在钓鱼。”

猎人说：“这样的河里哪能有什么东西呢?如果不是水更深、阳光更好的地方，鱼是不会来的。”

男佣心想，原来如此。于是缠着线沿着猎人教的那条河走。于是，在一座桥的边缘，找到一个水很深的地方，可以晒到太阳。当时虽然光线较暗，但若是那里的天气，阳光一定很好。男佣觉得这里应该没问题，就把线往下放。然后，只要钓到一条就赶紧回去，就这么期待着，所以也不怎么觉得冷了。

过了一会儿，一个用手巾包着头和双颊、缠着围巾的农民从桥上经过，看到他在钓鱼。

“你在这种地方能钓到什么啊?这种河里根本没有鱼的。”农民说。

“这条河里真的没有鱼吗?”男佣问百姓。

“是的哦，没有。”

“那么，到哪里才能钓到鱼呢?”男佣绝望地问。

“这个我也不知道，不过不该在这个季节钓鱼啊。”农民留下这句话，就很快走了。

男佣绝望得想哭，他又缠好线，开始垂头丧气地往前走。

一想到无可依靠，寒意立刻渗入骨肉。但是，他幻想着钓到一条鱼的情景，已经感受不到那种寒冷了。他遇到了一个陌生人，总觉得那个人好像什么都知道。他立刻问那个人去哪条河会有鱼。陌生人说：“你问别人这种事是不合理的。你想想看，鱼住在谁也看不见的地方，不能说能钓到，也不能说钓不到，全靠毅力，除了等待没有别的办法。”男佣觉得确实如此。如果钓不到鱼，就回不去主人的身边，所以无论到哪里都要试着忍耐一下。陌生的人走过去，又回过头来说：“冬天，相比于河里，池塘不是更能钓到鱼吗?我曾见过有人在池塘里捞鱼。”男佣对钓鱼没什么了解，所以一听就很高兴，然后，又开始寻找池塘。

好不容易找到了池塘，积雪铺满了水，而且因为太冷池塘表面都冻住了。男佣心想：“啊，就在这里耐心钓鱼吧。”然后，把雪弄开、破冰、从缝隙间垂下线。冰下面是蓝黑色的水，看来是很深的。他在那里蹲了下来。不知何时，他坐在雪地上，目不转睛地盯着漂浮在暗色水面上的鱼漂，一直在想，现在会不会有什么动静。

寒冷的风吹着天空。可怜的仆人不知不觉累得昏昏沉沉，不知道什么时候，短暂的冬阳已经下山了。他有一种既非梦境也非现实的恍惚感，钓了好几条鱼，自己是多么幸福啊！头顶上金星闪闪，银星闪闪，仔细一看，那不是星星，而是自己坐在金币、银币、宝石和宝物之中，再也没有比这更令人高兴的事了！他有一所豪华的房子，他是那个房子的主人!

第二天，乌鸦在树枝上鸣叫，正好在他的头上叫。但是，他握着鱼竿一动不动，冻死在雪地上，眼睛像玻璃一样发光。

赤色公主和黑色王子

有一个国家，里面住着一位美丽的公主殿下。她有一头如夜色般的黑色秀发，总是穿着火红的衣裙，因此人们都称她为“赤色公主”。

有一天，邻国来信，希望公主可以嫁给他们的国家的王子。可是公主不仅没有见过这位邻国的王子，甚至都不知道这个来求娶她的国家是一个什么样的国家。

“怎么办呢？”公主仔细地思考着。她认为应该了解一下这个王子的情况，但又不应该派人去调查，便让自己身边的家臣去了那个国家。

“听好了，你要前往那个国家，好好听听那边的人们怎么评价王子的。还有，好好看看他是一个什么样子的人。”公主对家臣说道。

那个家臣听令后便立刻去了那个国家。于是公主殿下的国家要来人打听这门亲事的消息便立刻传遍了那个国并很快就传到了皇宫里。

王子听到消息，十分迫切地说：“无论如何，我也要让那位美丽的公主嫁给我。”于是他好好地准备了一番，热情地招待了前来收集消息的家臣。

不久，家臣便回到自己的国家。等待着消息的公主立马传召，问那位家臣打听来的情况。

“那是一位帅气且优秀的王子！皇宫用金银装饰着，都城气派非凡，宽敞宏大，非常之漂亮。”回来的家臣如此回答道。

公主听到这番话十分高兴，但是公主是一个心思细腻且十分谨慎的人，一个家臣的话并不能足以让她彻底安心。所以她思考着，要再找一个家臣去那个国家打探情况。

“这次换一个模样吧。”公主这么想着，便让家臣以乞丐的模样前去，“不然的话，我们可能无法知道真正的样子。”

家臣穿着乞丐的衣服去了，因为总有各种各样的乞丐从东西南北各个地方往来这个都城，所以百姓们也就并没有注意到这位乔装打扮的邻国的家臣。

遵从公主命令变换成乞丐模样的家臣果然听到了各种各样的传闻，于是，接着便急急忙忙地回去了。

公主一直等待着，当得知那个家臣回来的时候，便立马把他召到了自己的面前，让他把自己听到的和见到的都说出来。

那个家臣汇报道："我这次并没能亲眼看见王子，但是我确实听到了一些别的传闻。王子每次外出皇宫时，总是会乘坐着黑色的马车，并且带着黑色礼帽，身穿燕尾服。但因为似乎只有一只眼睛，所以总是戴着黑色的眼镜。"

公主听了以后发现这和之前来汇报的家臣所说的内容完全不一样，大吃一惊。她本想立马拒绝这门婚事，可是她想到如果她这么做了可能会招来皇子的报复，所以一时之间难以下定决心。

内心柔软温柔的公主殿下觉得只有一只眼睛的皇子其实也十分可怜。于是，她甚至想过要嫁过去安慰他。而后的每天，赤色公主殿下逐渐失去往日的鲜活，呆呆的望着远方的天空，陷入沉思。于是，眼前赫然出现了一位皇子，他头上戴着高高的黑色礼帽，身穿黑色燕尾服，坐着黑色马车，在梦幻无间的地平线上横穿而过。

下雨的日子，这辆黑色的马车也在面前驱驰而过。刮风的日子，也能看到头戴高高礼帽，身穿黑色燕尾服的皇子乘风而来，驾着黑色的马车，如梦般的向她驱使。

公主殿下犹豫着，已经不知道该怎么做才好了。

公主有时甚至会想："啊，像这样，沉浸于梦魇之中或许也是我的命运吧。"

有时也会这样想着："啊，只要我忍耐住，便可以了吧。"而在公主犹豫的期间，王子也屡屡催促，并且用马车装了许多金银宝石送给公主。而公主也把两匹漂亮的黑色骏马送给了皇子当做贡品。

最终，赤色公主与黑色王子要结婚的消息传了出来。而这时，一位先知老奶奶却站出来要对公主进言。这位老奶奶之前预言过很多事情，而且都说中了，所以国家的百姓都很担心会有什么不好的预言出现。

先知奶奶说："这场婚姻，是红与黑的联姻，红色将会被黑色夺取。公主殿下，你如果和皇子殿下结婚的话，皇子会吸取你的血液，这场婚姻注定是不吉利的。如果你们真的结婚了的话，这个国家将会大肆流行疫病。"

公主听了以后十分担心，不知道该怎么办才好，从那以后，每一天都用红色的长长衣袖掩面哭泣，十分悲伤。

皇子和公主婚期的日子越来越接近了。公主不知道该怎么办才好，询问身边家臣有没有办法。

公主神思恍惚之时，一个戴着黑色的礼帽，载着穿着燕尾服的皇子的黑色马车的幻影，清清楚楚的出现在了公主的眼前。

公主被吓了一跳。

家臣赶忙说道："都说王子是一个十分执着的人，所以公主还是赶快离开这个城市，逃到遥远的岛上去吧。听说那座岛气候宜人，无论何时都盛开着美丽芬芳的花朵。"

听了家臣的话，公主决定在趁谁都没注意的时候，躲到那边的岛上。有一天身穿红衣的公主殿下和三位侍女同行，把许多金银财宝装上船。

船静静地驶过蓝色的大海，离开港口，向外海驶去。天空澄澈透明，远处也隐隐约约浮现出小岛的形状。

船逐渐驶向外海，陆地已经模糊得快要看不见了，也许是因为装了很多金银，船却开始渐渐沉了下去。三位侍女和公主都受到了惊吓。

公主叹道："果然啊，王子为了不让我离开，在拉着我不让我走啊。"

侍女们连忙说道：“不是这样的，公主殿下。这是因为船上带的金银太多，船太重，便漂浮不起来。只要把金子银子的重量去掉，船儿轻了自然就浮起来了。”

公主听罢，便命令侍女们：“那就快把什么金子银子扔进海里去吧。”

侍女们听令，便拿起金子银子，一个一个的扔进海里。就在这时，在陆地上只有少数知道公主远去的事情的人，在目送公主的船离去的时候，看到了海面上忽闪忽暗的光芒。然后，在太阳的照射下，阳光仿佛烬燃了公主那赤色的衣裙。

但是，不可思议的是，船还是渐渐沉入了水中。侍女们手传手投出的金银的光辉和公主的红色衣裳，宛如夕阳在云彩中飞舞，还是被陆地上的人们看到了。

陆地上的人们开始骚动起来，他们嚷道：“难道公主的船要沉到海里去了吗？”

到了赤色公主与黑暗王子结婚的那一天。王子等了又等，等了又等，却总也不见公主出现。他又生气又担心，便带着几个勇士，自己戴上礼帽，穿着燕尾服，坐上全身漆黑的马车，让公主送来的黑马拉着，朝着公主御殿所在的城下驶去。

城里的人很担心，希望不会发生什么。就在这时，大家听说了皇子要过来，都紧闭房门，以免发生什么冲突。

果然到了晚上，大家在家门前都听到咔哒咔哒的马蹄声，然后便持续着，是一阵杂乱的声音。大家都屏住呼吸，不敢发出声音，安静地听着直到那马蹄声渐渐远去，消失不见。

可不一会儿，四处都传来了咔哒咔哒逐渐逼近的马蹄声，因为那边没有公主殿下，所以他们便来到了这边寻找。

人们默默想着，“公主殿下昨天晚上已经沉入海底了，不论他们怎么寻找，都是找不到的。”

接着，又听到了马蹄哒哒的声音，这次，又从这边回到那边。

“公主殿下到底去了哪里？”一阵大吼，在黑暗中回荡。

不久，马蹄声渐渐听不见了，只听见夜风掠过天空的微弱呼啸。但是，就这样，马蹄的声音依旧在夜晚，在每一家的门前来来往往。后来，天亮了，这一队人马向着大海的方向走去。这一夜，无人入眠，耳边只回荡着清晰的马蹄声。

天亮的时候，城下已经看不到这一对队人马了。那一夜，人们认为，皇子的马车以及他所带着的骑马的勇士们应该全部都沉入了海底。

在如火燃烧的炽热夕阳下，傍晚的海面上轰隆轰隆——电闪雷鸣，墨云滚滚，宛如马车飞驰过这天空。每当看到这一幕，镇子上的人们都还会说：“因为仰慕着赤色的公主殿下，黑暗的王子殿下便追随她而去。”

赤色公主和黑色王子

有一个国家，里面住着一位美丽的公主殿下。她有一头如夜色般的黑色秀发，总是穿着火红的衣裙，因此人们都称她为“赤色公主”。

有一天，邻国来信，希望公主可以嫁给他们的国家的王子。可是公主不仅没有见过这位邻国的王子，甚至都不知道这个来求娶她的国家是一个什么样的国家。

“怎么办呢？”公主仔细地思考着。她认为应该了解一下这个王子的情况，但又不应该派人去调查，便让自己身边的家臣去了那个国家。

“听好了，你要前往那个国家，好好听听那边的人们怎么评价王子的。还有，好好看看他是一个什么样子的人。”公主对家臣说道。

那个家臣听令后便立刻去了那个国家。于是公主殿下的国家要来人打听这门亲事的消息便立刻传遍了那个国并很快就传到了皇宫里。

王子听到消息，十分迫切地说：“无论如何，我也要让那位美丽的公主嫁给我。”于是他好好地准备了一番，热情地招待了前来收集消息的家臣。

不久，家臣便回到自己的国家。等待着消息的公主立马传召，问那位家臣打听来的情况。

“那是一位帅气且优秀的王子！皇宫用金银装饰着，都城气派非凡，宽敞宏大，非常之漂亮。”回来的家臣如此回答道。

公主听到这番话十分高兴，但是公主是一个心思细腻且十分谨慎的人，一个家臣的话并不能足以让她彻底安心。所以她思考着，要再找一个家臣去那个国家打探情况。

“这次换一个模样吧。”公主这么想着，便让家臣以乞丐的模样前去，“不然的话，我们可能无法知道真正的样子。”

家臣穿着乞丐的衣服去了，因为总有各种各样的乞丐从东西南北各个地方往来这个都城，所以百姓们也就并没有注意到这位乔装打扮的邻国的家臣。

遵从公主命令变换成乞丐模样的家臣果然听到了各种各样的传闻，于是，接着便急急忙忙地回去了。

公主一直等待着，当得知那个家臣回来的时候，便立马把他召到了自己的面前，让他把自己听到的和见到的都说出来。

那个家臣汇报道：“我这次并没能亲眼看见王子，但是我确实听到了一些别的传闻。王子每次外出皇宫时，总是会乘坐着黑色的马车，并且带着黑色礼帽，身穿燕尾服。但因为似乎只有一只眼睛，所以总是戴着黑色的眼镜。”

公主听了以后发现这和之前来汇报的家臣所说的内容完全不一样，大吃一惊。她本想立马拒绝这门婚事，可是她想到如果她这么做了可能会招来皇子的报复，所以一时之间难以下定决心。

内心柔软温柔的公主殿下觉得只有一只眼睛的皇子其实也十分可怜。于是，她甚至想过要嫁过去安慰他。而后的每天，赤色公主殿下逐渐失去往日的鲜活，呆呆的望着远方的天空，陷入沉思。于是，眼前赫然出现了一位皇子，他头上戴着高高的黑色礼帽，身穿黑色燕尾服，坐着黑色马车，在梦幻无间的地平线上横穿而过。

下雨的日子，这辆黑色的马车也在面前驱驰而过。刮风的日子，也能看到头戴高高礼帽，身穿黑色燕尾服的皇子乘风而来，驾着黑色的马车，如梦般的向她驱使。

公主殿下犹豫着，已经不知道该怎么做才好了。

公主有时甚至会想：“啊，像这样，沉浸于梦魇之中或许也是我的命运吧。”

有时也会这样想着：“啊，只要我忍耐住，便可以了吧。”而在公主犹豫的期间，王子也屡屡催促，并且用马车装了许多金银宝石送给公主。而公主也把两匹漂亮的黑色骏马送给了皇子当做贡品。

最终，赤色公主与黑色王子要结婚的消息传了出来。而这时，一位先知老奶奶却站出来要对公主进言。这位老奶奶之前预言过很多事情，而且都说中了，所以国家的百姓都很担心会有什么不好的预言出现。

先知奶奶说："这场婚姻，是红与黑的联姻，红色将会被黑色夺取。公主殿下，你如果和皇子殿下结婚的话，皇子会吸取你的血液，这场婚姻注定是不吉利的。如果你们真的结婚了的话，这个国家将会大肆流行疫病。"

公主听了以后十分担心，不知道该怎么办才好，从那以后，每一天都用红色的长长衣袖掩面哭泣，十分悲伤。

皇子和公主婚期的日子越来越接近了。公主不知道该怎么办才好，询问身边家臣有没有办法。

公主神思恍惚之时，一个戴着黑色的礼帽，载着穿着燕尾服的皇子的黑色马车的幻影，清清楚楚的出现在了公主的眼前。

公主被吓了一跳。

家臣赶忙说道："都说王子是一个十分执着的人，所以公主还是赶快离开这个城市，逃到遥远的岛上去吧。听说那座岛气候宜人，无论何时都盛开着美丽芬芳的花朵。"

听了家臣的话，公主决定在趁谁都没注意的时候，躲到那边的岛上。有一天身穿红衣的公主殿下和三位侍女同行，把许多金银财宝装上船。

船静静地驶过蓝色的大海，离开港口，向外海驶去。天空澄澈透明，远处也隐隐约约浮现出小岛的形状。

船逐渐驶向外海，陆地已经模糊得快要看不见了，也许是因为装了很多金银，船却开始渐渐沉了下去。三位侍女和公主都受到了惊吓。

公主叹道："果然啊，王子为了不让我离开，在拉着我不让我走啊。"

侍女们连忙说道：“不是这样的，公主殿下。这是因为船上带的金银太多，船太重，便漂浮不起来。只要把金子银子的重量去掉，船儿轻了自然就浮起来了。”

公主听罢，便命令侍女们：“那就快把什么金子银子扔进海里去吧。”

侍女们听令，便拿起金子银子，一个一个的扔进海里。就在这时，在陆地上只有少数知道公主远去的事情的人，在目送公主的船离去的时候，看到了海面上忽闪忽暗的光芒。然后，在太阳的照射下，阳光仿佛烬燃了公主那赤色的衣裙。

但是，不可思议的是，船还是渐渐沉入了水中。侍女们手传手投出的金银的光辉和公主的红色衣裳，宛如夕阳在云彩中飞舞，还是被陆地上的人们看到了。

陆地上的人们开始骚动起来，他们嚷道：“难道公主的船要沉到海里去了吗？”

到了赤色公主与黑暗王子结婚的那一天。王子等了又等，等了又等，却总也不见公主出现。他又生气又担心，便带着几个勇士，自己戴上礼帽，穿着燕尾服，坐上全身漆黑的马车，让公主送来的黑马拉着，朝着公主御殿所在的城下驶去。

城里的人很担心，希望不会发生什么。就在这时，大家听说了皇子要过来，都紧闭房门，以免发生什么冲突。

果然到了晚上，大家在家门前都听到咔哒咔哒的马蹄声，然后便持续着，是一阵杂乱的声音。大家都屏住呼吸，不敢发出声音，安静地听着直到那马蹄声渐渐远去，消失不见。

可不一会儿，四处都传来了咔哒咔哒逐渐逼近的马蹄声，因为那边没有公主殿下，所以他们便来到了这边寻找。

人们默默想着，“公主殿下昨天晚上已经沉入海底了，不论他们怎么寻找，都是找不到的。”

接着，又听到了马蹄哒哒的声音，这次，又从这边回到那边。

“公主殿下到底去了哪里？”一阵大吼，在黑暗中回荡。

不久，马蹄声渐渐听不见了，只听见夜风掠过天空的微弱呼啸。但是，就这样，马蹄的声音依旧在夜晚，在每一家的门前来来往往。后来，天亮了，这一队人马向着大海的方向走去。这一夜，无人入眠，耳边只回荡着清晰的马蹄声。

天亮的时候，城下已经看不到这一对队人马了。那一夜，人们认为，皇子的马车以及他所带着的骑马的勇士们应该全部都沉入了海底。

在如火燃烧的炽热夕阳下，傍晚的海面上轰隆轰隆——电闪雷鸣，墨云滚滚，宛如马车飞驰过这天空。每当看到这一幕，镇子上的人们都还会说：“因为仰慕着赤色的公主殿下，黑暗的王子殿下便追随她而去。”

公园里的花和毒蛾

一

那是一片广阔而又空寂的原野，它远离了城镇与村落的喧嚣，至今还没有人类踏足，如失落的净土般遗世独立。

在某片石荫下，一朵小花悄悄绽放。它是一朵石竹花，虽然个头小，但却和草莓一样鲜红。它从酣睡中醒来，揉了揉惺松的睡眼，随后便被眼前的景象震惊到了。

“真是一个荒凉的世界啊！”它感叹道。

无论朝哪边看，都只能看到茫茫的草地无边无际，穷尽目光也没发现到同类的踪迹，除了风的呢喃外，听不见任何生命的呼唤。于是它又把目光放在了身边的大石头上，“今天有点冷呢，对吧?”小石竹花装作不经意地问道。黑黢黢的大石头并没有理它，兀自沉默着。“喂！你不寂寞吗！”小石竹花气鼓鼓地问道，但回应它的依旧是大石头的沉默。

这朵娇弱的，胆小的石竹花为什们要和这个看起来又木讷又不懂风情的大石头打招呼呢？

小石竹花孤零零地在风中颤抖，此时它感受到了一束温柔的目光，好似在轻抚它的花瓣，时时刻刻关心自己的恐怕也只有太阳了吧。只不过太阳不是自己一个人的太阳，更是大家的太阳。在这片广阔的原野上，太阳温柔地关爱着每一个生命。这边的大石头晒着太阳，那边高高的野草也在沐浴着阳光。而且太阳还一副轻轻松松，不必大惊小怪的神色，像是在无声地宣告：我的确很强，你们随意。并且太阳永远不会厌倦这份工作，微笑地望着这片土地上的小家伙们。

这朵小石竹花明白太阳的温暖不仅仅只给予它一人，但它对太阳有一种无法言说的亲切感。于是希望长得高一点，离太阳温柔的脸更近一些。不过在高原地带，这注定是个奢望，是永远也无法企及的梦。

忽然间，风驰云卷，流云涌动。白云一改往日的慵懒，随风飞舞瞬息万变，犹如打翻了玉瓶般，倾泻而下笼罩了整片原野，草尖上流动着淡淡的云气。又如珠帘轻启黯淡了天光，游走的云缝间得以窥见朝阳，浩浩乎如凭虚御风，不知其所止。

小石竹花不喜欢这厚厚的云层，不断抱怨着，不过身边的大石头和那边高大的野草却安安安静静毫无怨言。小石竹花可以忍受这些云朵，但却非常恐惧寒风骤雨以及阴冷压抑的浓雾。

“啊，真是寒冷刺骨，要是不起雾就好了”小石竹花不断念叨着，企图用幻想麻痹自己。

然而大道无情，在自然法则之下小石竹花如沙砾般渺小。小石竹花真诚的呼唤和祈求并没有引来造物主的侧目。大雾依旧弥漫，不分昼夜。白雾从深邃的谷底中喷薄而出，滚滚向前，从高山的谷涧中奔腾地流向山脚的原野，律动、流转、弥漫、沉降。白雾时而轻拢慢捻般地滑过，时而舔舐着万物，留下一串串细密的水珠。

在那片大雾的笼罩中，小石竹花不断地呻吟着。半梦半醒间柔软的肌肤像是被毒针刺穿一般，令它痛苦不堪，紧接着呼吸也开始变得困难，像是喝醉了酒，一时间头重脚轻天旋地转，全身如烂泥般疲软，瘫坐在了地上。随后便是一阵阴寒袭来，它好似一束微弱火苗于寒雾中瑟瑟发抖。

大雾终于散去，清风拂过，啪嗒啪嗒的水滴声响彻整片原野。曲终人散，宾客尽欢雍容而退，空留满目狼藉与寂寞。寒雾施施然退去，苦痛却留给了这片原野上的花草木石，并使它们深切感受到命运之无常与不可抗拒。至少小石竹花是这么想的，并放弃了挣扎。不过它身边的大石头和对面高高的野草依旧沉默着，纵然被强风吹拂和寒雾侵蚀也面不改色，恬然自得。见此，小石竹花感到无比的敬佩与羡艳。

二

天空难得放晴，清澈的天空一望无际，终日云雾环绕的山峰也露出全貌。从高原眺望远处的山巅，一片片湛蓝争先恐后地钻入眼帘，美得醉人心脾。

小石竹花昂首挺胸，认真地晒着太阳。这时，一个黑影掠过蓝天，不知从哪飞来一只鸟。起初只能看到一个小黑点，随后身影越来越清晰。清亮的鸟鸣响彻天际，就连小石竹花都听到那欢快的叫声了。

“那只鸟要飞去哪呢，真自由啊。”小石竹花自言自语道，花瓣随风摇摆。

就这样，那只鸟的身影越来越近，小石竹花看到这感到无比震惊。“候鸟为什么会来这片荒凉的原野呢？总之它想来就来就来吧，自由不需要理由。”小石竹花想道。

一语中的，候鸟果然向这片原野降落，而且正好落下了小石竹花身旁的大石头上。这种事情真的是意想不到且难以理解，小石竹花惊讶不已。这是它第一次近距离接触候鸟，好奇地打量着这位意外来客。这只候鸟看起来就身手敏捷，柔顺光滑的羽毛如盔甲般覆盖在它流线型的身躯上，乌黑的双眼炯炯有神，锋利的爪子紧紧抓着岩石。候鸟歪着头，兴趣浓浓地盯着小石竹花。

“你来这片原野是在寻找什么东西吗？”小石竹花好奇地问道。

大石头依旧沉默着，仿佛睡着了一般，对外界漠不关心。候鸟在石头上蹭了蹭尖喙，不动声色地往小石竹花那边靠近了些。

“我在空中一看到了你，就忍不住想飞下来见你呢。”候鸟轻声答道。

小石竹花闻言羞答答地低下了头，沉默不语。候鸟又继续说道：

“这片原野真是荒凉啊，放眼望去，苍茫大地上只有你这一抹鲜红，于是我便飞下来看看你。”

“我来自于远方，这些年我一直在这片蓝天之下翻山越岭地旅行着，直到看到了你鲜红而又悲伤的身影。一时间千言万语哽在心头，请你听我轻轻诉说。”

“我曾穿越山海，飞过城镇，漫无目的地从天空的此端飞向彼端。我经历过无数悲伤与寂寞，时至今日我一看到这片蓝天的颜色就想起曾经在北海上航行的日子。有时飞向海边，有时飞向无人居住的小岛，有时飞到轮船的桅杆上休息。一天又一天，入眼皆是一尘不变的蓝色。”

“在那个时候，我看着轮船远去，桅杆上红色的旗帜迎风招展。我是如此的悲伤又想念那段逝去的岁月，以至于看到了你的身影就想起了那令人怀念的北海。你就像那桅杆上，在海风的吹拂下猎猎作响的红旗一般，使我心中热血沸腾。你在这荒凉的原野上无依无靠，孤零零地开着花，像极了那汹涌的北海上翻滚的巨浪间闪耀的红旗。你不寂寞吗？”

就这样，候鸟说完了。此时小石竹花早已泪流满面，寂寞和悲伤又被从心底唤醒。转身望去，那边的高高的野草依旧一动不动，总是一副若无其事的样子。

三

小石竹花从候鸟那里得知了世界真实的模样，这个世界原来是无限宽广的，而且处处充满寂寞与无助。候鸟对各种故事娓娓道来，小石竹花不禁听得入了神，思绪渐渐飘向远方。

聆听了候鸟的诉说，小石竹花暗自感叹命运是如此的相似，仿佛冥冥之中有一根线将自己与远洋中的红旗相连。轮船的桅杆顶上耷拉着一面红旗，在湿冷的海风中接受风雨的蹂躏，逐渐褪去往日的鲜红，浪花溅起飞沫带来油黑的污渍，红旗默默承受着这一切。远洋航行中时间的观念仿佛被人们遗忘，不知是过了几日抑或是几个月，大海与天空的交界线上，晨曦逐渐浮现，更远处灯火闪烁，人影绰绰，零次栉比的房屋高楼在不断靠近。人们蜂拥着跳下船奔向港口，他们终于可以停下脚步安定下来了。

与此相比自己多么不幸啊！自己只能一辈子困于这片荒凉的原野，小石竹花伤心地想着。于是越发接受不了自己无法飞翔，更接受不了这一尘不变的生活。于是祈求候鸟：

“您不觉得我可怜吗？如果再继续把我一个人留在这的话，我会因寂寞与悲伤郁郁而终的！请你一定要把我带到热闹的地方去！”

候鸟闻言回答道："亲爱的小花，你的诉求很合理，不过你要记住这个世界很大，无论你走到哪里都会有无助与寂寞的事情发生，没有谁能真正地拯救你，唯有自渡，你就乖乖待在这吧。等我以后再次路过这片天空，我一定会飞下来看望你，然后将有趣的见闻都说给你听，你听到这些故事便等于你亲身经历过。如果我因为一些原因无法再飞来的话，会有其他旅行的飞鸟继承我的心愿，路过时便会飞下来，如我一般温柔地为你讲述远方的故事。你可以以此为乐，便能忍受这片荒野的寂寞。"

"鸟先生，那样可不行。我已经受够了这片荒野的寒风和冷雾了，我常常怨恨自己的命运。现在你告诉我在这个世界之外竟然还有热闹的城镇与村落，原来井底之上还有另一片天空。请您一定要把我带去热闹的城市！能看一眼那明亮热闹的世界，至死也无悔了！"小石竹花诚恳地请求道。

"这样做的话，不知道你是否真的会变的幸福。"候鸟犹豫了，没有立刻答应它的请求。

"鸟先生，当冰霜千里，雪花飞舞的日子来临时，我的死期也就来临了，难道我的命运就是在荒野上孤独地枯萎吗？请一定要把我带去热闹的城市，以您的能力一定可以做到的！"小石竹花急切地请求道。

"我可以带你去热闹的城市，也能把你安顿在安全的地方，但我无法保证你真的会幸福。"候鸟回答道。在小石竹花的再三请求下，候鸟终于无奈地答应了。于是候鸟用锋利的喙掘开泥土将小石竹花挖了出来，叼着它飞向了天空。天空中，小石竹花好奇地四处张望，它看到故乡变成一个黑点逐渐远去。不知飞了多久，当日晚上终于到达了热闹的城市，候鸟飞到公园，将小石竹花种进了花坛里。

四

小石竹花在花坛的角落里瑟瑟发抖，不知是因为恐惧还是兴奋。此时，候鸟回过头望着它。

"那么，我已经把你带到了梦寐以求的城市。在这里你能看见人类散步，也能听见他们的声音，你就安心地待在这吧。热闹的生活即将开始，你将会遇到各种不可思议的事情。我下次路过会来看望你的，不过那可能是在猴年马月之后了，你一定要幸福地生活下去！”黑暗中传来候鸟温柔而又悲伤的声音，随后黑暗又陷入沉默。

公园里的青黑色树木在夜空下静静地耸立着，细小的叶片在清风中摇摆，仿佛露出洁白的牙齿微笑的小娃娃一般，可爱极了。小石竹花知道身边的环境已经完全变了，但仿佛身处梦幻一般，自己真的告别了那个寂寞又寒冷的荒原了吗？心情一时间难以平复，以至于竟然忘记了感谢候鸟的帮助，也忘记了做最后的告别。

“再见了！”候鸟的声音传来，当小石竹花回过神来，候鸟的声影早就消失在了天际。

这一夜小石竹花是在不安，苦恼中度过的。不过一想到“终于来到了期望已久的地方”，他又立刻活跃了起来。就这样慢慢地东方泛起鱼肚白，太阳终于升起了。这个时候，小石竹花又看到了什么有趣的景象呢？

从那一天开始，小石竹花的生活发生了翻天覆地的变化。花坛里花团锦簇，姹紫嫣红，各种各样的花竞相开放。小石竹花从未见过这么多种类的花，它们都长得又高又大，香气馥郁，美丽的容颜令小石竹花自惭形秽。为什么要在这种那么多的花呢，小石竹花感到很好奇。这时候一只小蜜蜂飞过它的头顶，盘旋一圈，最终停留在小石竹花的头上。

“咦，这里怎么会有朵这么萎靡的小花？花蜜都没有，你究竟从哪冒出来的？”　小蜜蜂询问道。

小石竹花对蜜蜂的轻蔑非常生气，但还是压抑住怒火，冷静地说到：

“我来自于远方的一个高原，自出生时便承受着风雨的拍打和寒雾的浸透，用尽全部力气才开出一朵小花。”

“谁带你来这里的，我每天都在花坛上巡逻，这里盛开的每一朵花我都认识，唯独没见过你。”小蜜蜂接着询问道。。

“一只不知名的候鸟带我来这里的。”小石竹花回答道。

小石竹花此时不禁想起那寒雾弥漫，冷风吹拂的寂寞的高原。话说在荒凉的高原上，它那小小的鲜红的身影是多么的惊艳，就连高空中飞翔的鸟儿看到了都情不自禁飞下来欣赏它的美貌。如今在这花坛的方寸之间，它却显得那么寒酸瘦弱，简直不堪入目，淹没于美丽的花海中，显得毫不起眼。小石竹花心中充满羞愧与悲伤，一时间难以承受这份落差。

“这里盛开的花儿们都是从哪里来的？”小石竹花询问小蜜蜂。

“有的来自西方国家，有的来自南方国家，还有的来自大海对面的热带岛屿。在它们还是种子和幼苗的时候就被人们用船运来了。”小蜜蜂回答道。

小石竹花陷入了沉思，突然想起在家乡高原沉默的大石头以及高高的野草，往事历历在目，思念之情在心中泛起阵阵涟漪。

五

小石竹花再也不用承受寒雾的侵袭了，再也见不到水滴自叶尖坠落的美了，再也看不见那些令人烦恼的身影了。曾经黄昏之时，直插云霄的山峰破开云层，洒下微弱的光，它贪婪地吮吸那斑驳破碎的光亮，那些曾经的艰难与悲哀再也不会有了，不过这株自高原而来的小花也终于泯然众人矣。

不仅是小石竹花，从各国而来的各种珍惜的花儿们也失去了自己的特色，如贬入凡尘的仙子，栽种在街头任人欣赏，一阵风沙袭来，个个灰头土脸，叶片上沾满了污渍。

闷热的午后，公园里的草木都无精打采，看起来很忧郁。红色的花，黄色的花和紫色的花都纠缠着抱在一起，遍地地盛开着。

就在这时，一个瘦弱的男人走进了公园。男人一副呆板木讷的样子，像是在思考着什么，四处闲逛着，不一会儿来到了花坛前。

“百合花园在哪呢？”一边说着一边四处张望。花坛里光是百合花就有好几处栽种区，男人走了过去。

“咦，这里没有黑色的百合花吗？”男人一边说着一边往百合花从中探头寻找。不多久便找到一朵黑色花蕾的百合。

“这不就是黑百合嘛！”男人说着，歪了歪头。走向阴影处的长椅坐了下来，接着便开始回想往事。

男人回忆起这样一则往事——每年一到夏天，这个小镇便会举行节日活动。之所以说是小镇，那是因为与大城市相比较而言的。在童年时期，这个小镇便是世界上最热闹最有趣的地方，而且无论想要什么这个小镇都有的卖，因此他一直认为这是最开放的地区。至于那个节日，那是当地宗庙的报恩讲活动，不仅附近的男女老少会来参加，远处的人们也会如约来捧场。由于人们都聚集在小镇里，整个小镇的节日氛围都异常浓厚。

杂技演员也会从旅途中归来，他们每年都不会忘了这个特殊的日子，穿越国境线千里迢迢赶来参加节日活动。某天，男人被人海挤着进入了寺院内，于是他看到了各路杂技演员，有狗戏，鸟戏，舞蛇，河童戏，舞剑，魔术，舞娘等等。其中有一种女性杂技，它的演出棚是最大的一个，招牌特也很有趣，于是男人付了参观费就进去了。

他在那里看到什么了呢？他看到半裸女人拿着伞走钢丝，看到了演员在梯子顶上倒立，还有其他很多东西。这些都没有在他心里留下特别的印象，不过有一个场面他却始终忘不了。那是个年轻的女人——如水蜜桃一般丰腴，脸上涂着厚厚的妆粉，有一双乌黑的大眼睛，梳着西式时髦发型，她紧紧地系着一条黑色腰带，仰面躺在高台上，肚子上压着重重的沙袋表演着节目。

男人始终忘不了那个杂技女俊俏的脸庞，鲜红的嘴唇和黑色的腰带历历在目。离开表演棚走在街上，依旧时不时听到表演棚内传来欢呼的声音。

六

夜幕悄悄降临，海鸥的身影掠过海面，往北海的方向飞去。农田里到处都是圆滚滚的大西瓜，切开便是红彤彤的果肉和汁水。

“杂技女去世了，她在南国一个小镇表演时，腰带意外断裂。”不知是谁在报纸上看到这个消息，并将消息迅速传了出去，男人听闻后吃惊不已。

直到那时杂技女的音容笑貌还历历在目，一想起杂技女是否真的死了，男人便难以自制地心跳加速，呼吸急促。南国的小镇是一个什么样的地方呢？明媚的阳光下，红色的旗帜和白色的旗帜随风轻舞，寂寞的身影呆呆地看着小镇里的人来人往。

不久后到了节日当天，去年聚集于此的艺人们又从各处回到到了寺院里，那个女性杂技团也回到了这里。男人期待不已，这一刻他不知等了多久，他从未感觉到时间是如此的漫长。

时间是一个圆，兜兜转转又回到了原点。田地里，院子里依旧如去年一样开满了花，黄色，紫色，各种颜色的花竞相争艳。男人一边辨别着欢呼声传来的方向，一边快步赶去。到了寺院门口果然又是被人海挤着进入了院内，高高的杂技表演棚就在一旁，如去年一般悬挂着招牌，男人急切地买了票走了进去。他望向对面穿着练功夫的年轻女人们，期望找到他朝思暮想的人。那些女人们已经不可以称之为人了，如野兽一般在地上滚来滚去。不过还是没找到曾经那个女人，男人不禁想起那个传闻，杂技女可能早就死了，男人想到这不禁悲从心来，就在这个时候：

“去年你们在这看到的杂技女，在某个地方表演堆沙袋的时候黑色腰带突然断裂，死于非命。即便是这么危险的表演，我们也会拼命地去完成，如果平安无事完成了演出的话，那就为我们喝彩吧。”一旁的男艺人说到，说完便敲着梆子走入了表演棚深处。

这次出来表演的是一个瘦瘦的女孩，此时男人却不知为何没了去年那般浓厚的兴趣了。

“原来那个女人真的因腰带断裂去世了啊！”男人如此想着，心中悲痛万分不禁哽咽，他感受到了这些女艺人悲惨的命运。

这一天，小镇和往常很不同，不知从哪冒出来很多小夜摊，从寺院正门附近到马路上，再到两侧犄角旮旯里都有它们的身影。男人来到一个十字路口时，看到一个小贩在路上摆着很多花花草草。从那里沿着大路直走，仍然是一片喧闹，但是通往后街的道路上灯火却渐渐变少，如黑暗的沟渠一般，孤寂似乎也在这里显影。大丽花，美人蕉，百合花等等在昏黄摇曳的煤油灯灯光下一个个浮现出来，仿佛看到了几个美艳的女人站在一起的画面一般令人激动。但是在其中还有腐烂的花，如长长的舌头一般，无力地耷拉着。

“这朵黑花是什么花？”他指着一株细长的花茎上开着的大黑花问道。

“这是百合花。”商人回答道。

男人看着百合花不禁有些着迷，不过脑海中突然闪现过杂技女黑色的腰带。顿时感到心痛不已，没有买便回去了。在这之后他听说黑百合在北海道一带很少见，而且不是什么吉利的花。

七

男人后来经历了很多事情，也吃了很多苦。他偶尔会来到公园欣赏百合花，也时不时回忆着以往的事。

小石竹花望着男人坐在长椅上始终不肯离去的背影和沉思的摸样不自觉地入了迷。它歪着头听见了男人的喃喃自语：“黑百合还没开花吗？”，突然小石竹花又想起了高原上的景色，它在高原上时并没有见过黑百合这种花，所以踮起脚朝对面望去，想知道男人心心念念的黑百合是什么摸样。但地上盛开的都是红花，那边的百合花园里也只有一朵花，不见黑百合的踪影。

夜幕渐渐降临，清风吹拂，树叶发出沙沙声，蓝黑色的天空下万家灯火逐渐点亮，婆娑的树影依稀可见，男人从长椅上站起身。

“等到了黑百合花盛开的时候再来看看吧，这片夜空的星星怎么那么少？我的故乡每到夜晚便群星闪烁......。”男人一边往外走一边说道。

小石竹花闻言后也突然发现这里的星星特别少，真是奇怪！在曾经的高原上，拂晓的清风拂过头顶，草尖悬挂着露珠，举目千里，星光无限璀璨，就像是互相追逐缠绕的线条一般，金色，银色，蓝色，红色，无数星辰交相掩映，散发着独属于自己的光。不知不觉中，星海隐没在地平线尽头。

翌日清晨，小石竹花感受到有种奇怪的氛围在躁动着，有种风雨欲来的感觉。中午时分，前几日见过的小蜜蜂不知从哪里飞了过来，停在了小石竹花头顶。

“发生什么事了？”小石竹花好奇地问道。

“今天起大风了，天气也变得很异常。这时候待在高个子的花草上是很危险的，无论它有多么香甜，也无论它开得多艳丽，狂风吹拂下都会折断。今天请让我在你这待一会，你长得比较娇小，紧紧贴在地面上就不会那么危险了，你看天上的云朵跑得有多快啊，瞬息万变。”小蜜蜂对它说道。

“真的是这样哎！”小石竹花抬头望着天空说道。“你见过黑百合花吗？”小石竹花继续追问道。

小蜜蜂扇动着它那小小的透明又美丽的翅膀回答道：“我们蜜蜂族群中有这么一个说法：黑色的花是从人类的尸体上生长出来的，而且有剧毒，千万不能触碰。不过它很少见，意外遇到了就算是看几眼也会变得倒霉的！”

小石竹花听到这不禁缩了缩脑袋，之前受男人说的话的影响，自己还踮起脚想看看黑百合呢！还好当时没看见，想到这小石竹花不禁感到一阵后怕。

“你为什么会问这个问题呢？”小蜜蜂询问道。

“嗯...没什么。”小石竹花说完沉默了。

风越来越大了。

八

“今天公园里有什么事情发生吗？”小石竹花因为刚才看到人们成群结队地从花坛边走过，想着附近一定发生了什么事，于是向无所不知的小蜜蜂询问道。

于是小蜜蜂一边搓着手一边回答道：“那边有个农产品展览会，在花开的季节里我会飞过一个又一个农田，飞了至少有两里地那么远。随着时间流逝农田里的蔬菜的根茎会长的很粗大，也会长出圆滚滚的硕大的果实。例如萝卜，青葱，土豆，芋头等等，从昨天开始附近的农夫们会把蔬菜带到会场进行评选，获得一等奖和二等奖的人能得到一份精美奖品。”

公园里真的来了很多人，变得特别热闹。远处有乐队在演奏乐器，音乐声随着风飘散在公园各处，隐隐约约也有歌声传来。

这一天有个白发苍苍的老婆婆来到农产品展览会场，不过老太太并不是对农产品感兴趣。她来自于郊区的一个小村子，因为有一些事情来拜访她的一个朋友，在朋友家里她得知了关于展览会的事情。

“萝卜也好，茄子也好，芋头也好，无论什么蔬菜只要种的够大就能获得一二等奖。”听到这，老婆婆突然想起一件事。

“那个展览会在哪里？”老婆婆询问道。

“就在附近的公园里，你也一定要去瞧瞧，那里有巨大的茄子，漂亮的黄瓜等等，什么蔬菜都有，那里的萝卜怎么能长那么大，真是不可思议。”朋友说到。

老婆婆听到这些后，立刻兴冲冲地出了门前往了公园。到了农产品展览会场，乐队正在演奏，吸引了大批人围观。而且展览会里的蔬菜限时低价促销。老婆婆一进去什么商品都不看，直奔萝卜区而去。在那里，白萝卜，胡萝卜，各种大萝卜应有尽有，其中最大的一个萝卜上贴着“一等奖”字样的红纸。

不管怎样，只要获得一等奖就能领到大奖。看到这，老婆婆眼睛瞪得溜圆。

“哎呀，这都能得一等奖？”老婆婆自言自语道。

其实老婆婆在今天早上去家附近的蔬菜店买菜时，看到了一个巨大的萝卜，她活了那么久，也见过无数的大萝卜，却没见过如此离谱的萝卜，不禁有些目瞪口呆。

“哎呀，这萝卜真大！”老婆婆当时赞叹道。

“我开了那么久的蔬菜店，看到这么大的萝卜也是大姑娘上轿头一回呢！”蔬菜店主人笑到。

展览会上，老婆婆瞅了瞅获得一等奖的大萝卜，又在心里比较了一番，还是觉得蔬菜店里的更大一些。

“哎呀，那个大萝卜应该还没卖出去吧，把那个萝卜带来一定能获得一等奖！”老婆婆如此想到。于是急忙跑了出去，坐上电车回去了。

三四个小时之后，老太太抱着两根大萝卜又来到了展览会场。会场管理人员吓了一跳，这两根萝卜比获得一等奖的展品还要粗大。

“老婆婆，你的大萝卜真漂亮啊！”管理人员赞叹道。

九

“老婆婆，你的田地用的是什么土？红土还是黑土？”管理人员激动地问道。

“我用的是黑土。”老婆婆回答道。

“您的种子是从哪买的?是在几月几日播种的？肥料要在什么时候施，施几次？请您回答一下！”管理人员再次追问道。

因为萝卜不是老婆婆亲手种的，所以被问到这些问题时，老婆婆不知道该怎样回答。一直支支吾吾地，感到有点不好意思。

“老婆婆，这不是你亲手种的吗？”管理人员又问道。

“我是在蔬菜店买的，不过已经是属于我的东西了。”老婆婆答道。

“那样可不行哦，买来的蔬菜是不具有参赛资格的。”管理人员摇头说道。

“为什么？为什么不行？我的大萝卜就是一等奖！”白发苍苍的老婆婆一边摇着头一边愤怒地质问道。

管理人员闻言笑道：“萝卜确实有评选一等奖的资格，但是种出它的不是您，所以您没有领取奖品的资格。”

“不管是谁种出了它，我已经买下了它，他就属于我一个人的！奖品必须由我来领取！”老婆婆觉得管理人员的说法很不可理喻，一直在据理力争。

不过管理人员还是摇头，“不是这样的，奖品是对种菜人努力的褒奖，这份荣誉不属于其他任何人。关于是谁种出这个萝卜老婆婆你应该也不清楚吧，这么漂亮的萝卜，摆在这里让大家观赏观赏也无妨，请您借给我们用两三天吧。”管理人员说道。

老婆婆翻了个白眼，瞪着管理人员。“你们说的倒漂亮，这是我的东西，既然不让我领奖那我现在就带回去。明明一眼就能看出我的萝卜能获得一等奖，却舍不得给我奖品，还妄想贪图我的萝卜，我是不会借给你们的！”贪婪的老婆婆抱着两根大萝卜愤愤地离开了会场。

傍晚时的天空如糖稀般昏黄，狂风呼啸着，摇晃的电线也发出呜咽声，公园里的常青树和落叶树的树冠在风的摆弄下如同波浪一般摇摆起伏。

老婆婆抱着两个长着绿叶的大萝卜，朝着交警指挥着的电车十字路口走去。狂风好几次差点将老婆婆掀翻在地，但老婆婆紧紧地抱着大萝卜就是没有倒下。狂风吹散了老人的白发，仿佛要撕碎大萝卜的叶子。

狂风飕飕地刮着，老婆婆最终还是摔倒了，她抱着大萝卜想要站起来，但狂风将她死死地摁在地上。慢慢地，路过的行人都聚集在她周围，天色也变黑了。

“蜜蜂小姐，那边好像很吵啊。？”小石竹花询问道。

“栅栏外面的马路上好像发生了什么事，我这就去看看。”小蜜蜂说着便飞走了。

不久后小蜜蜂又飞回来了，停在了小石竹花头上。“那边有个老婆婆摔倒了，好心人将她扶起，但她怀里的大萝卜却摔断了，老婆婆非常生气。”

十

翌日清晨，狂风终于平息。一大早太阳还没升起的时候小蜜蜂便准备起床去采蜜了。

“我昨天一整天都没吃东西，肚子饿的受不了了，我要去找一朵大大的花美美地吃一顿。那么，再见啦。”小蜜蜂向小石竹花告了别。

小石竹花一直沉默着，不过在小蜜蜂正要飞走时突然叫住了它。“蜜蜂小姐，不管你有多饿，千万不能忘了黑百合是不能触碰的，你一定要小心啊。”小石竹花说到。

“谢谢你的关心，我会注意的。”说完便元气满满地嗡嗡地飞走了。

当日正午到夜晚一直在下雨，雨散云霁之时空气中充满了清爽欢快的氛围，湿漉漉的树叶和青草在路灯的照耀下熠熠生辉。

整整一夜小蜜蜂都没有回来，小石竹花担心它是否有地方休息。清风拂过，树木上的露珠滴滴答答地落在地上，慢慢地心情变得愉悦，小石竹花睡着了。到了半夜它打了个寒战，突然惊醒了。

小石竹花感觉是小蜜蜂回来了，因为触碰到一个湿漉漉的身体。借着投射过来的路灯灯光一看，那不是小蜜蜂，那是一只有着黄色的绒毛，身体又小又尖的飞蛾。飞蛾黄色的透明翅膀看起来令人毛骨悚然，通体是冰冷的硫磺色。小石竹花在高原的时候见过很多飞蛾，但是像眼前这种飞蛾还是第一次见。这只飞蛾有着类似人眼的两只眼睛，瞪得溜圆。

小石竹花对它并没有什么好感，没什么想说的，不过冷颜相待也不礼貌，于是问道：“小黄蛾先生，你是从哪里飞过来的？我是第一次遇到你这个样子的飞蛾呢，你是来自于山里还是原野？”

飞蛾以和它身体颜色一样冰冷清脆的声音回答道：“我是在战场上出生的，在广阔的原野上，大量士兵死去后尸体堆积在一起腐烂，我便从中诞生了。我们很讨厌看见阳光，火光和火焰，黑暗才是我们的温床。我们即便被风吹雨打也要穿越一个个草原，一个个小镇，然后熄灭沿途的每一处火光，就算身体被烧焦就算是死去也是值得的。光明是比死亡还恐怖的东西。”飞蛾说道。

“你们总是成群结队地去旅行吗？”小石竹花头又问道。

“我们几十万，几百万，几千万地出没，我们可以遮天蔽日地挡住太阳的光辉，还可以熄灭沿途街道的所有火光，无论是多么热闹明亮的街道都抵挡不了我们飞蛾大军的侵袭。我们昨夜本准备渡海前往南国，却因狂风偏离了方向飞到了这里，现在我的伙伴们一定正在飞越这片天空吧。”飞蛾说道。

小石竹花仰头观察，借助旁边路灯的光确实看到了很多飞蛾。

十一

忽然无数飞蛾铺天盖地地涌来，树叶和青草上都挂满了飞蛾，如花瓣一般四散飞舞。突然一阵急促的沙沙声传来，路灯的光线似乎都变暗了，只见不计其数的飞蛾朝着路灯飞来。飞蛾们一边扇动着翅膀一边围着路灯旋转，遮住了光线，接着便前仆后继地用头撞击着灯泡，飞蛾尸体如雨点般啪啪掉落。此时对面的路灯也是同样一幅场景，灯光照耀之处，飞蛾翅膀上的粉末四散纷飞。小石竹花终于明白小飞蛾刚才说的是什么意思了，它的伙伴们真的在遮天蔽日地往这边赶。

为了扑灭这座城市的所有火光，飞蛾们源源不断地向这边涌来。小石竹花盯着这不计其数的黄色飞蛾，想着它们是否都长着一对人眼般圆圆的大眼睛，两条触须和一个大大的嘴巴，不禁感到毛骨悚然。于是它闭上眼睛，装作什么看不见。

盼着盼着，黑夜终于过去了。小石竹花做了一夜的噩梦只睡了一小会儿，感觉脑袋昏沉沉的。天一放亮小石竹花就发现趴在自己身上的小黄飞蛾不见了，抬头环顾四周，昨夜四散纷飞的飞蛾们也都不见了踪迹，感到吃惊不已。

“昨夜的那一切都是我的梦吗？”小石竹花不禁感到奇怪。

敏捷，自由，伶俐的小蜜蜂一定知道昨夜发生了什么事，它应该很快就会来了吧。小石竹花等呀等，但那一整天小蜜蜂都没有来。

出生在高原的小石竹花来到这条街道后，身体变得很虚弱。早晚吸食不到冰冷的露水是其无精打采的一个原因。而且闷热的天气一直持续着，使它连抬起头的力气都没有了。

小石竹花在高原的时候一直提心胆吊，唯恐被寒冷的积雪掩埋。来到小镇之后倒没有了那份苦恼，但身体却很快变得越来越虚弱，可能坚持不到秋天就会枯萎。

“啊，我应该命不久矣了吧。”小石竹花自顾自地想着。一到白天它便恍恍惚惚的，始终昏昏欲睡。就连周围的常青树树叶在阳光的曝晒下都会枯萎，更别说头上毫无遮挡物的可怜的小石竹花了。阳光照射在它的身上，反射出的苍白的光如磷火一般瘆人，仿佛映照出生命的尽头。

忽然身边传来喃喃自语声，小石竹花突然被惊醒，睁开眼睛才发现天已经黑了。身旁的长椅上有个熟悉的人影，那正是前几日来寻找黑百合的男人。

“为什么我一听到笛声脑中就浮现出母亲带我去山里的温泉场的场景？那个时候母亲还很健康美丽，我也还是个小孩子。在还未对外开放的温泉酒店里，夜里静得可以听见溪流声。廊光下男人们露出毛腿盘坐着，专心地下着将棋。”男人自言自语道。

天空已经变得昏暗，小石竹花已经不记得男人的容貌了，不过还依稀记得他的声音。公园的栅栏外传来按摩师的吹奏的笛声，细细的，断断续续的。

不一会儿，坐在长椅上的男人和男人的叹息声都隐入了黑暗中。

十二

翌日早晨，天色大好，树梢上洁白的云在静静地流淌。小石竹花一副无精打采的样子，一反往日那般生气勃勃，小蜜蜂不知从哪里飞了过来。

“天气真不错啊。”小蜜蜂打招呼道。

“我昨晚做噩梦了，现在头疼的不行。”小石竹花回道。

“你做了什么样的梦？你的脸色真的很不好啊，大概是睡眠不够的缘故，要保重身体啊。”小蜜蜂说道。

小石竹花将昨晚梦到黄色飞蛾的事情一五一十地告诉了它，小蜜蜂听到一半便说道：“为什么说是梦呢？那就是真实发生的事啊。这个公园的黑百合开花了，以及公园里来了奇怪的毒蛾，这些事在人类社会引起了很大的骚动，你还不知道吗？”小蜜蜂说道。

“黑百合真的开花了吗？”小石竹花闻言好奇不已。

“百合园里有一朵盛开了，因此今天还有一位植物学家前来调查，之后他可能还会来做后续的调查。”小蜜蜂回答道。

小石竹花突然感到有点忐忑不安，仿佛将会有什么不好的事情发生。

“小蜜蜂女士，你是说，昨夜出现的那么多飞蛾都是毒蛾？”小石竹花追问道。

“都是毒蛾，而且昨晚一个坐在长椅上的男人还被蛰了，因此被紧急送往了医院。所以今天才会有学者来公园里寻找毒蛾的踪迹，不过不可思议的是，那么多的毒蛾像是人间蒸发了一样，一个都找不着了。”小蜜蜂滔滔不绝地说道。

小石竹花一听到坐在长椅上的男人被毒蛾袭击送往医院这件事，顿时感到震惊不已，心中泛起微微苦涩。

“哎，这个人怎么会那么不幸啊。”小石竹花感叹道，脑海中浮现出那个男人自言自语时说的话。

“那个男人在白天的时候试图盗采黑百合花，结果被保安发现了并被骂一顿，于是男人趁着夜色又摸了进来。就是那么不巧，昨夜毒蛾袭击了这座城市，它们像是想留下属于自己的痕迹一般，蛰了那个男人。据说他好像被毒死了，我在想是不是因为他触碰到了黑百合花的缘故。”小蜜蜂接着说道。

这时，远处响起喧闹的音乐声，看来是又在举办什么活动。一方有喜，然而另一方就会有悲，悲欢离合，阴晴圆缺才是这世间的常态。对面有一大群人朝这边走来，那正是小蜜蜂先前提到过的植物学家的调查团队。其中一人穿着白色的西装，戴着眼镜，快步走到小石竹花的面前。

“呀，这种地方竟然生长着一株石竹花，真是稀奇呢！石竹花本应该是生长在高山之上的。”他回头对其他人说道。

“那这株石竹花为什么会生长在这里呢？”其中一人询问道。

“确实很稀奇，或许是风或者其他什么东西把它的种子带到这里的吧。”白西装男人回答道，说着便将小石竹花连根拔起。

候鸟叼来并种植在这里的小石竹花，命运就此终结。小蜜蜂见此，不知飞向了何处。

海的少年

今年暑假，正雄跟他的妈妈和姐姐带到江之岛的别墅避暑。正雄很喜欢大海，从早到晚都在海边，他将收集到的美丽的贝壳和小石头都放在袖子里面，袖子里满满的东西，他要带回去给姐姐和妹妹看。他看着满满的收获感到很快乐，想着回到东京将这些作为礼物送出去。

有一天，正雄一个人在海边一边吹着风一边到处寻找小石头和贝壳，嘟囔着：

“找到吧，找到吧，被我找到吧。找到含着珍珠的贝壳吧。”

蓝色的大海上有着白帆的影子，看上去像是白鸟飞过，真是一个好天气呀！

在这时，那边的岩石上站着一个穿着天蓝色衣服，年龄和自己相仿，大概十二三岁的小男孩，正朝着这边挥手，正雄看到了立刻跑了过去。说着：“你是谁呀？来这儿干嘛的呀？要不要和我一起玩呀？”

那个小男孩笑了，说：“我也是一个人，太无聊了，就想着喊你一起玩呀！”

“那么我们两个人一起玩吧！”正雄站在岩石下面抬着头说。

“你爬到这块岩石上来吧。”

但是，太高了，正雄爬不上去。

“我爬不上去啊！”他伤心地说。

“那我下去吧！”然后小男孩就跳了下来。他们一起唱着学校的歌，两个人在海边捡着红蟹、美丽的小贝壳和白色的小石头。一直玩到晚上。不知不觉太阳下山了，正雄说：“我要回家了，妈妈在等我。”

“我也要回去了。那么，明天再一起玩吧！拜拜！”小男孩一边说着一边哧溜哧溜的爬上高高的岩石，不一会儿就看不到他了。

第二天中午，正雄到海边一看，那个穿着天蓝色衣服的小孩儿已经在那儿了，

“啊！对不起，我来晚了！”说着就跑了过去，

“我来是为了给你这个。”小男孩把漂亮的珍珠，珊瑚和玛瑙等许多东西都给了正雄。正雄特别开心，回家以后就拿出来给父母看，两个人大吃一惊，很严肃地问正雄：“是谁给你这些好东西的？那个小孩是哪里的？叫什么名字？”正雄哭着说：“我不知道他是哪儿的。”妈妈教育正雄说：“从今天开始，你不可以再接受这些东西。明天就把这些还给那个孩子。”

第二天，正雄又来到了海边，小男孩还是比他先到了。拿着比昨天更美丽的紫水晶，玛瑙等东西，放在正雄面前说送给他，正雄想起了昨天晚上被爸爸妈妈告诉他的话。

“喂，我昨天晚上被爸妈骂了，不可以要别人的东西，我把昨天的也还给你吧。”小男孩露出疑惑的表情问：“你爸爸妈妈为什么骂你啊？”

正雄说：“因为不让我从别人那儿拿这些……”

小男孩咯咯笑着说：“陆地上的人真奇怪。”

正雄奇怪的问：“咦？你不是陆地上的人吗？你从哪儿来的啊？”

“你真傻。你难道不知道海底有一个巨大的城市吗？不像陆地上的家脏脏的，海里面到处都是水晶和玛瑙呢。”

“啊！原来是这样啊！”正雄很向往的说着。

“你今年几年级呀？”小男孩问道。正雄说：“我今年高三了。”

“我四年级了。我最喜欢修身课和历史课。你呢？”

正雄也很喜欢历史课。

“我也喜欢历史，”他问小男孩：“在海之学校的课本里面也有关于坛之浦合战的内容吗？”

“有！老师也跟我们讲易经的八卦和纳尔森的故事。老师讲的很有趣呢！”

“啊！我也想去海边的学校看看。”

“明年你来海边我带你去吧！明天我的学校就要开学了，你今晚也要回东京了吧。明年暑假你会来这边吧，我也一定会过来的！而且海底城里面到处都是珍珠，紫水晶，珊瑚和玛瑙呢！建筑物也都是发光的哦。只要一亮灯，整个海底都是闪闪发光的呢！不过第一次来的人可能会头晕哦。”

“那明年你一定要带我去！”正雄说。

不一会儿，太阳就下山了，大海的西边浸满了夕阳的云彩，金黄色的波浪闪耀着，这时海里面响起了音乐，一只大海龟浮出了海面，来接海的孩子。

“那么，再见了！明年见哦！拜拜！拜拜！”

说着说着，在海浪中骑在海龟背上穿着天蓝色衣服的小男孩渐渐地就看不见了。紧接着，海浪就涌了上来，把落在海滩上的珍珠和紫水晶都带走了。

黑色旗子的故事

这是北方的一个港口小镇，不知道从哪里来了两个乞丐——一个老爷爷和一个小孩子。此时已经是深秋，天气一天比一天寒冷，太阳进一步向南方移动，撒着微弱的光芒。日复一日，候鸟掠过立满桅杆的港口的天空，飞往他们所向往的温暖的国度。

老爷爷戴着一顶破破烂烂的帽子，留着花白的胡须，就像西方画中的老牧羊人一样。孩子看着有十岁、十一岁的样子，寒冷的天气让他冷得直发抖，牵着老爷爷的手在街上走着。老爷爷步履蹒跚地跟在孩子后面，手里拿了一把胡琴。

镇上的人们看着这两个陌生乞丐的背影，不禁议论他们是从哪里来的？今后刮风的时候必须要小心一点，要是被他们放一把火给烧了就麻烦了。也有人说必须要赶快把他们赶走。

孩子每天都会牵着老爷爷的手来到镇子上，他们站在一户户人家的屋檐下，挨家挨户地用可怜的语气哀求乞讨，但没有一个人怜悯他们，没有人给他们东西，也没有人对他们说一句好话。

“吵死了，走远点！”有人大吼着。

还有人骂道“滚开！”

就这样，两个人在镇上走了整整一天，到了傍晚感到又累又饿，只能落寞地离开，也不知要回到什么地方去。老爷爷一边走一边拉着胡琴，在寒冷的北风中渐渐消失在远方。尽管镇上的人们一点儿也不同情他们，他们还是一直来乞讨，不管刮多么大的风，也不管天气多么寒冷。

镇上的人们目送着老爷爷和孩子，说：“这两个乞丐还在这儿转悠呢，怎么不早点滚去别的地方！让狗咬了他们最好！”人们残忍地说着这些无情的话仿佛他们不会流出一滴眼泪……

有一次，老爷爷和孩子竟真的被狗追着跑，吃尽了苦头。那时，镇上的人们只是在旁边冷漠地看着孩子哭着拉着爷爷的手跑，爷爷挥舞着胡琴吓唬那只狗。

有一天，镇上的人把他们抓了起来，问道："你们是从哪里来的？"

孩子回答说："我们从遥远的南方来到这里。南方很暖和，即使是冬天，山茶花也会开放，山上的田地里都是橘树，太阳下山的时候，海水会被阳光染成紫色的，海面波光粼粼，比这儿要漂亮多了！"

镇上的人们听了孩子的话，气急败坏地说道："你说有比这儿更漂亮的地方，那为什么不待在那儿呢？非要到我们这儿来，快滚去别的地方吧！"

乞讨的孩子看着镇上人们恶狠狠的眼神，被吓的浑身发抖，颤颤巍巍地说："听说北边有个地方，那儿的人会怜悯可怜的人，所以我们才特地从很远的地方过来。"

镇上的人们嘲讽他净是想些有的没的的好事，甚至冷酷无情地说："喂，小屁孩儿！马上就要到刮风的时候了，不要再点火！还有，你最好不要在这儿到处乱窜了，赶紧滚去别的地方！再待下去的话，如果这儿丢了什么东西，就当是你们偷的了！"

无论人们怎么说，孩子也不敢生气，只是拉着老爷爷的手，在镇上挨家挨户地乞讨。他们站在了一家店门口，店老板没好气地说："还在这儿磨磨蹭蹭地干什么，还不快走！要是店里没人，是不是就要偷东西了啊！"孩子委屈得满脸通红，垂头丧气地从店门口走开了。

有一天，老爷爷和孩子被镇上的人们追着，逃到了港口尽头。那里的岩石高高地凸起在海面上，海浪袭来，浪花翻涌，发出哗哗的声响，一下一下地拍在岩石上，又被岩石击碎。

天色阴沉，像铅一样沉重，昏暗，地平线可怕得就像被涂上漆黑的墨。狂风呼啸着，尖锐地刮过头顶。一种不知名的海鸟发出呜咽的悲鸣，在天空中乱飞。爷爷和孩子站在岩石上，冻得浑身发抖。巨浪袭来，没过脚尖，浸湿了孩子冻得通红的脚趾。他们充满饥饿和疲惫，一步也动不了，只能茫然地站着，呆呆地望着海面，几乎快要哭出来了。不一会儿，雨夹着雪淅淅沥沥地下了起来，太阳已经下山了，两个人在黑暗中相互拥抱，依偎在一起，直到完全看不见身影。

这天夜晚，刮起了一场风暴，波涛汹涌，风浪之大前所未见。等到可怕的夜晚消失，天逐渐放亮，海岬上已经看不见老爷爷和孩子的身影。镇上的人们在当天和第二天都没有看到他们，有些人还在想这两个乞丐去哪儿了。

后来有一天，天气晴朗，一个渔民出海打鱼，甩下渔网的时候，竟然钩住了一把胡琴。之后人们才发现，这就是乞讨老爷爷的那把胡琴。

自那之后，海浪一天比一天汹涌，近海的天色也一天比一天昏暗。每到冬天，从这个港口驶出的船都会因为风浪中途而返。当远眺海面，看不见一艘帆船的影子，也看不见一丝烟雾的痕迹。只见白色的浪头翻涌又消失，仿佛数百万只白兔在白茫茫的海面上奔跑。

每天晚上，镇子上的人们都关紧门窗，一家人围坐在火盆和暖炉旁你一言我一语地闲聊着。但总能听见海面上传来凄厉，恐怖的大海的呼啸声。一天夜里，大海的呼啸声比往常更加可怕，天空发出异常的声响，人们都在害怕是不是要发生什么事了，惶恐不安地等待天亮。天蒙蒙亮，人们就去到海边，所见场面让所有人都大惊失色。

“那艘颜色很奇怪的船，是从哪里来的呢?”一个人指着海对面的一艘船说道。“快看！船上飘着诡异的黑色旗子，那艘船到底是从哪里来的?”其他人也看着海面议论纷纷。遥望远处的海面，比昨天更昏暗更吓人。一艘红色的船漂浮在地平线之上，黑色的旗子在两根桅杆上飘着。

一位老人说：“昨天晚上听到了大海可怕的咆哮声，希望没有什么意外发生。”“波涛那么汹涌，竟然还在海面上航行，来到这个港口附近，是有什么事吗？”其他人这么说。“你们看，那艘船停在那里呢，有谁知道那是哪个国家的船吗?”其中一个年轻人问道。“也许是在风浪里迷失了方向，或者是船出了故障才进入这个港口。”有人猜测。于是岸上的人们向那艘船发出各种信号，但是船上没有任何回应。

又有人说：“那艘船和普通的船不一样，可能是一艘幽灵船！”大家惊恐万分，都说幽灵船是看不得的，于是便纷纷赶回家去了。然而奇怪的是，从那天起，镇上出现了一个陌生的十岁左右的孩子。他穿着破烂不堪的衣服，光着的脚被冻得通红，手里还提着一个篮子，在连绵不绝的大雪中走着。镇上的人们都皱着眉头，疑惑不解地看着这个可怜孩子的背影。

只见孩子走进了镇上最精致的绸布店。“请卖给我件衣服吧！”孩子颤抖着说。“你有钱吗？”店老板一脸怀疑地问道。孩子看了看篮子，说：“我没有钱，但是这里有珊瑚、珍珠和金块。我不是要给自己买衣服，而是要给爷爷买。”

老板不可置信地看着那些闪亮的珍珠和像红蟹爪子一样的红珊瑚，说：“你为什么会有这些东西，你怎么可能会有这些东西，一定是假的。你从哪里捡到的？”“不，这不是假的，也不是捡来的。这些是真正的珍珠和珊瑚，请相信我。快点把衣服卖给我吧！爷爷还在船上等着，就是停在附近海面的那艘船。爷爷就坐在那根飘着黑色旗子的桅杆下等着。”

“你说这话就像在唬人，我不能把衣服卖给你，快走吧！”老板说着让孩子离开。孩子没办法，只好冒着雪，跌跌撞撞地离开了店铺。他漫步目的地四处走着，找到了一家饭店，店里散发出诱人的鱼香和暖暖的酒气。孩子站在了店门口，打开门往里面张望，说：“请卖给我一些水煮鱼和热米饭吧！虽然我没有钱，但是有这些美丽的珊瑚，像星星一样闪亮的珍珠还有沉甸甸的金子。我只想给爷爷带些热腾腾的饭菜。”

这时，正在饭店里喝酒的三四个年轻人瞪大了眼睛，盯着篮子，又看了看孩子，说：“你不就是前段时间来镇上乞讨的小鬼吗？无耻的家伙，你从哪里偷来这些东西的？快招吧！把东西都给我们交出来！”边说边冲了出来。

“不，不是偷来的，也不是捡来的，是海上的那艘船给我的。”孩子边哭边说。但是那几个年轻人根本不听硬是抢过了篮子，把孩子撵走了。孩子在雪中哭着离开了。不知不觉，在漫天飞雪中，天黑了。

就在那天晚上，镇子上发生了火灾 ，强劲的海风吹来，一间间房屋都被烧毁了。直到今天，在北海的地平线上还能不时看到飘着的黑色旗子。

红船

一

露子出生在一个贫穷的家庭。 当她去村里的小学时，她听到了风琴的声音，这样美妙的声音令她十分吃惊。 在此之前，她从未听到过如此优美的声音。露子似乎天生就喜欢音乐，当她听到老师演奏的风琴声时，她感到自己在战栗。她想知道是谁发明了这么好听的乐器，最早又来自哪里。

有一天，露子问她的老师，这架风琴是从哪里来的。 老师回答说，它一开始是来自外国的。 露子又问，可是外国又是哪里呢？老师就告诉露子，它是来自越过宽阔太平洋波涛另一边的国家。那一刻，露子有一种无法言喻的怀念和缥缈的感觉，她想知道这个好听的风琴是否是乘船而来。从那时起，当她听到风琴的声音时，她就情不自禁地想到了一个遥远的、宽广的海上的外国。

她向她的老师询问了一切。老师告诉露子，那个国家是最开放的，还有很多其他好听的乐器，而且那个国家也有漂亮的人经常演奏那些乐器。 因此，露子十分想去那样的国家。 那将是一个多么开放和美丽的国家啊！那样美丽的地方，有着那样美丽的人们。 露子想，当她去到那里时，美妙的音乐一定会无处不在。可以的话，当她长大后，她想去外国学习音乐。 但因为露子的家庭很穷，还因为其他各种情况，在她 11 岁的时候，她不得不离开村子，去东京的一个家庭生活。

二

这座房子很宏伟，有风琴、钢琴和留声机等等。露子发现所见到的东西都非常罕见，她甚至不知道它们的名字。当她听到钢琴声和留声机里的西方歌曲时，她想知道这些东西是否也来自海那边遥远的地方。就像以前在村中小学的时候看到风琴时的感觉一样，果然还是很怀念和飘渺呢。

在那所房子里，有一个和露子的姐姐差不多大的人，她很同情露子，经常照顾她，所以露子把她当成了真正的姐姐，总是姐姐、姐姐的叫她。露子经常和这位姐姐一起到银座逛街。当她站在一家漂亮的商店前，看着玻璃墙上摆放着的风琴、钢琴、曼陀林和其他乐器时，她问道：″姐姐，这些乐器都来自外国吗？” 姐姐回答道：″是呀，但也有一些是在日本制造的。″

在露子眼里，这些乐器虽然是无声的，但它们一个个似乎都在摇晃着，发出好听的、奇妙的声音。而到了傍晚，当姐姐在太阳照得通红的窗下弹钢琴时，露子会站在钢琴旁，眼睛不放过她手上的每一个动作，不放过阳光在钢琴上的反射，耳朵仔细聆听她的歌声，甚至连最微弱的颤抖声都不错过。

对露子来说，琴声就像风吹拂过海面，海浪拍打着海岸。而姐姐弹着钢琴，用清脆的声音唱外国歌曲的画面似乎比平时更神圣。姐姐晶莹的眼中闪烁着星星一般耀眼的光辉，泪水涌出了眼眶。

露子想起了她的母亲和父亲，想起了村里的小学，想起了家乡的一切，热泪也开始顺着她的脸颊流淌。

三

露子有时候会梦见她乘船去了外国。她梦见自己在外国学着风琴，听着钢琴，自己的音乐变得十分出色，人人都称赞她，她开心极了，但醒来后还是惊人的一样。

初夏的一天，露子和姐姐去海边玩。那天没有风，海浪也很平静，远处的海面很朦胧，遥远的地平线如梦如幻。漂浮在天空中的白云就像岛屿的影子，又好像飞行中的鸟儿。

姐姐拉着露子的手，边走边用甜美的声音歌唱，露子也踩着干净的沙子，一步步描绘着海浪的边缘。海浪好像在用可爱的声音笑着。 此刻，在远处的海面上，有一艘带有红色条纹的大型蒸汽船在海浪中经过。露子看着汽船，想着它是否要去很远很远的地方，姐姐也在旁认真地眺望。

露子问：″姐姐，这是什么海？″ 姐姐回答说：″这片海叫太平洋哦。”露子想，如果顺着这片海往远处走，也许就能去到外国吧。 “那艘红船会去外国吗？” 露子问姐姐。姐姐看着她，眼里含着泪水，就像她一直看东西时的那样，“会吧。”姐姐一时有些困惑，但接着就温柔地说：“会的，一定会去外国的。”露子问：“不花上几天时间是到不了外国的吧？” “要花上好多个几天才能到外国呢。那是数千英里之外的地方哦。” 姐姐回道。

想到这，露子不知为什么很想念那艘红船。 那艘红船会渡过太平洋，去到美丽的国家吗？露子这样想着。她想知道那条红船上有什么人，他们在做什么。但它太远了，只能看到红色的条纹，一面飘扬的旗帜，一个厚厚的烟囱，以及烟囱里升起的黑烟和三根高大的桅杆。而在轮船通过的过程中，只有白色的波浪。 露子无法忘记那条红船的景象。 她想乘坐那艘船去外国，想学习风琴和钢琴，想聆听其他优美的音乐。 在她的注视下，那艘红船渐渐远去。 日落西山，海浪金光闪闪，那边的岩石影子泛着红光时，船已经隐没在波涛中，空中只留下一缕残烟。

那一天，露子和姐姐一直在海边玩耍，最后拖着疲惫的双腿回家。

四

第二天，当露子看着窗外，想知道那艘红船现在会在哪里航行时，一只燕子突然飞来。露子对燕子问道：″你从哪里来呀？″ 燕子仰着头，可爱地瞧着露子回道：″我呀，从遥远的南方飞过大海而来。” “这样说你一路飞过了太平洋吗？”露子的脸上绽放出了笑容。 “我已经在太平洋的波涛上飞了很多天了呢。” 燕子回答道。“那你没有看到一艘船？ ......”，露子问道。

“我每天都能看到船呢，你问的是什么样船呀？”燕子反问露子道。

露子告诉燕子，那艘船有红色的条纹和三根高大的桅杆，她把她记得的每一处都描述了一遍。

燕子听了后，头又往后仰了仰，说：“我很了解那艘船。 我长途跋涉，很是疲惫不堪，黄昏时分，当我在海上寻找灯塔休息时，我看到一艘红色的船在波涛汹涌的太平洋上航行，我立即在她的桅杆上停了下来。 这是一个美丽的月夜，蓝色的波浪闪闪发光，天空像白昼一样明亮，安静祥和。在红船的甲板上，我听到了优美的音乐，我看到了欢乐的人群。″ 接着燕子就飞走了。

露子注视着燕子渐渐飞远，想着那艘船现在会在哪里航行。

火车上的熊和鸡

火车在某个乡下的车站停了下来，这辆列车是从北方开往南方的。每一个箱子里都装着满满的货物。箱子里面有不知从哪个山上砍伐来的树木和挖出来的煤炭，还有一些其他的东西。其中，只有一个箱子是打开的。里面有一个黑漆漆的笼子，笼子里面有一只巨大的熊。

这只从北方抓来的强壮的野兽被关在用粗粗的铁棒做成的笼子里面，正在被送去南方表演的路上，但是熊并不知道这一切。它用圆圆的眼睛好奇的看着窗外的景色。这只熊大概也有父母和兄弟吧。但是，也许它们也在险峻的深山里面思念着被抓走的亲人吧。熊正在慢慢远离它的故乡。它大概也会想起每天奔跑过的山川、河流和峡谷吧。在这时，恰好有一只鸡来车站寻找食物。突然，鸡抬起了头，发现火车上放着一个铁笼子，笼子里面有一只漆黑的可怕的动物，正瞪着圆圆的大眼睛望着这边，鸡吓了一跳。咯咯的叫着，叫来了它的朋友。然后，熊平静地跟它们说：“我没打算对你怎么样，我关在这样的笼子里面我还能做什么呢？我刚刚就看到你一直在找食物。你为什么总是在沙地上走来走去呢？明明什么也没有，为什么还在找呀？你最喜欢的大米、豆子和玉米，在草地上不是到处都有吗？为什么不去那里找呢？”

鸡觉得熊长得很吓人可是语气又很温柔，又吓了一跳。

鸡说：“是吗？哪里有那么多好吃的呀。可以告诉我吗？”熊从笼子的缝隙里面探出眼睛，上下晃动着和他巨大的身体，小小的脑袋眺望着四周说道：“原来是这样啊。这里只能看到房子，那么长时间以来我看到了许多你们能够自由自在生活的好地方。我想，以后的路上也有这么多的好地方吧。幸好现在没有人看到。你到这辆列车上来，这样我就能带你去好地方啦！”鸡瞪着焦急的眼睛，伸长脖子四处张望着，说道：“真的吗？真的可以吗？”

“真的呀！我在笼子里面也能叫。如果有人来我们这儿，我会对他吼叫，这样他们就会害怕，不敢靠近我们的。”熊坚定的语气打动了小鸡。于是，它跳上了昏暗的车厢。

“在发车之前你先躲在那个角落里面吧。”熊说。小鸡听从了熊的话。没有人注意到小鸡进了车厢。不一会儿，笛声响起来了，咣当咣当，列车开动了。过了一会儿，熊转向躲在昏暗角落的鸡说：“没事儿，没有人会来这里的。你放心吧。快看！那儿是不是长了很多的玉米呀！不管你在哪儿下车都有很多的好吃的。”小鸡害怕地从门的缝隙往外看，庄稼地里面到处都是黄色的果实。“真的啊！都是成熟的食物呢！但是，如果我们吃了的话，人类会生气吧。”

“谁会看到呀！你只管下去吃！”熊说。小鸡颤抖的说：“不会很危险吗？火车开得这么快。”

听了小鸡的话，熊露出轻蔑又怜悯的表情，盯着小鸡说：“你不是有翅膀吗？为什么不用你的翅膀飞呢？如果是我，就算没有翅膀，只要我的身体是自由的，我就会马上从这里跳下去。然后跑到广阔的草原上纵横驰骋。”熊说着说着便想起了在笼子外的大自然里的自由与快乐。

“啊！自由的飞翔吧！如果长着翅膀都做不到，这是多么悲哀的事情啊！”熊皱着眉说。火车经过了好几个站点，但是小鸡却吓得不敢下车。到了晚上，小鸡开始害怕了。

“我该怎么办呀！”它叹了口气说。

熊听到了便对它说：“你这家伙，到处都是好吃的，只要住得好不就可以了，可以自由自在的寻找自己想住的地方，多好啊！”

小鸡一听便露出孤单的表情，说道：“不！不是这样的！我做不到！我如果没听你的话就好了。我好想念昨天住的小房子啊！”

熊说：“现在说这些话已经没用了，太远了，回不去了。”

蓝色纽扣

这个故事发生在一个小学校园里。有一天，一个陌生的小女孩转学来到了正雄所在的班级。班里的老师向同学们叮嘱着："各位同学，从今天起，这位女同学就是我们班的新成员了，请大家对她友好一点，多多照顾她哟"。

班里突然多了一个陌生人，不只是正雄，其他小朋友们也都感到十分新鲜。这个小女孩从外地来，小朋友们对她和她的故乡不熟悉，自然有些羞于接触。但同时，孩子们又很兴奋，期待着快速结识新朋友，想要和小女孩搭上话。

她是一个外地的陌生女孩，是从遥远且未知的地方来的，这种遥远和陌生使得小朋友们心中充满了憧憬和好奇。最初两三天，小朋友们对那女孩既没有表现得特别亲近，也没有说她坏话刻意疏远她。可是日子一长，班里每个人都开始排挤这个孤独的小女孩，又是说她的坏话，又是故意排挤她，不带她一起玩，看着小女孩落寞的眼神，孩子们反而觉得得逞了。这个叫做水野的小女孩还被同学们起了个绰号叫"狐狸"，因为水野的脸看起来像一只小狐狸。

课间休息的时候，小朋友们围过来，大家都冲着小女孩"小狐狸，小狐狸"地叫着，七嘴八舌地取笑着她。小女孩是个很坚强的孩子，但是面对一个班的同学，她也招架不住。对方那么多人，她做什么也无济于事。而且，刚刚到这么一个陌生的环境中，小女孩面对排挤，只得沉默应对。但是，她毕竟还是年纪这么小的小女孩，所以最终还是忍不住掉下了眼泪。但是，一到上课时间，小女孩走进教室她就不哭了，一滴眼泪也没让别人看见，所以老师根本不知道小女孩哭过，对她遭遇的事毫不知情。

有一天，正雄的家里来了一位陌生的客人，是一位谁也不认识的女人。女人开口说着："我女儿和您家儿子在学校是同班同学。今天上门有事相求。我听说我女儿在学校被调皮的小朋友起了个外号，天天被人叫'小狐狸，小狐狸'。我女儿现在都不愿意去上学了，真是叫人感到头疼啊，能不能请您儿子帮帮忙，拜托大家不要给我女儿取外号了……"。

正雄家和水野家离得并不远，所以，可以猜到这位拜访者就是水野的母亲。

其实在学校里，正雄也是那群说水野坏话的调皮蛋中的一员，但是在班上，也有一些小朋友完全不会开这种玩笑，他们看着同学说水野的坏话但是自己从来不参与，保持沉默。现在，水野开始讨厌上学，水野的母亲来请求自己帮忙，正雄不禁为自己的行为感到羞耻。

正雄的妈妈听了，对水野的妈妈说："哎呀，那孩子真是个小可怜。放心吧，我会好好告诉我家正雄，让他劝阻班上那些乱开玩笑的同学……"。

水野妈妈走后，正雄妈妈教育正雄，恃强凌弱是一种卑鄙的行为。这时，正雄感到羞愧不已，他觉得自己的行为真不像个男子汉。

第二天，正雄去学校上学，大家还是像往常那样"小狐狸，小狐狸"地叫着小女孩。正雄听到同学们这样取笑水野，他觉得这样做不对。因此，他非但自己不这样叫，还勇敢地教育同学们，说道："你们这样欺负一个孤立无援的女孩真是卑鄙的行为。对水野太不公平了，请大家以后不要再这样做了！"。大部分同学一听这话，觉得有道理，便不再取笑水野了。可有的小朋友还是很淘气，嘲笑着正雄："你什么时候跟小狐狸一伙了？"，还有的小朋友讥讽他："你跟小狐狸交上朋友了吗？"。

可是，自此以后，大家真的渐渐不再叫水野小狐狸了，没有人用这个外号嘲笑她。只是偶尔有调皮的男孩子突然想起这个绰号，跑到女孩跟前，叫一句"小狐狸"。水野可不是好欺负的，她反击着这些调皮鬼。最终，调皮的男孩只得认输逃跑了。

正雄和水野的关系则越来越好，他们渐渐地成了好朋友。水野很高兴，多亏了正雄帮她说话，这些天她在学校里没有被大家欺负，和大家相处得很好。所以，水野常常邀请她的好朋友正雄到她家去玩。

有一天，正雄到水野家找她玩，小女孩的妈妈非常感谢正雄，又是给他端点心，又是给他塞糖果。水野的妈妈感谢正雄对她女儿的照顾。水野的父亲已经去世了，水野母子二人过着相依为命的生活，孤单地住在这所房子里。

水野一会儿拿出心爱的图画书，一会儿又拿出她视如珍宝的娃娃。两个人一起翻阅着绘本，一起欣赏着布娃娃，玩得很开心。直到他们玩累了，水野像突然想起了什么似的，说："对了！我想给你看个东西，我有一个小箱子，里面有我珍藏的纽扣。那纽扣是用蓝色的石头做的。我爸爸去世前把它们留给我，现在我想送给你几个。"说着，小女孩打开一个漂亮的小箱子，那箱子上还雕刻着花纹，水野从里面小心翼翼地取出三颗漂亮的纽扣，郑重地放在正雄的手心里。

正雄仔细地端详着三颗纽扣，他也觉得这扣子十分美丽，纽扣的颜色是非常漂亮的蓝颜色。正雄问："你送我这扣子，不去问问妈妈吗？她会因为这个责怪你吗？"水野则笑着回答："这是我的纽扣，我送给你，不要紧的！"。于是，正雄就将这珍贵的礼物拿回了家。

平时在学校，他们不能表现得像在家里那样亲密无间，他们害怕别的同学看见了会说什么闲话。

元旦的时候，学校放了十天假。假期结束返校后，正雄发现水野并没有来学校，他想着：水野是不是感冒了，所以请假了？

可是有一天，老师在班上对大家说："水野同学转学走了，去了很远的地方上学。她的空位请大家按照次序补齐吧。"正雄一听到这个消息，吃了一惊。水野搬到去哪里了？正雄想起他们的美好回忆，感到有些难过，于是掏出水野送给他的三颗纽扣，盯着它们发起了呆。起初，大家都不知道这纽扣是怎么来的，但是任何人看到这三颗纽扣，都会对它们赞不绝口，说："哎呀，真是漂亮的扣子呀！"毫不吝啬地称赞着扣子。

很快，春天到来了，晴朗的天空碧蓝碧蓝的，颜色十分漂亮，枝头的鸟儿在尽情歌唱，各种各样的花儿争相开放。每当正雄看到这美丽的风景，就会想起他的好朋友水野。水野刚到学校里来的时候，正雄看到她嘴唇咧开，还把头发盘成奇怪的形状，觉得她的脸长得像一只小狐狸，现在他觉得并非如此。正雄觉得，水野那双水汪汪的眼睛又明亮又温柔，看起来就像这澄澈的晴空，他望着天空出神，沉浸在对水野的思念中。

“为什么就这样不告而别了呢?也不写信给我吗?老师说的那个很远很远的地方到底是哪里呢……。”正雄出神地思考着。他失去了一切关于水野的消息，只有三颗纽扣还留在他手里。正雄把它们拴在一根线上，时不时拿来把玩。那蓝色真漂亮啊，有时像水一样透明，有时像天空那样澄澈，有时又像大海那样深邃。纽扣的颜色随着光线的变化而不断变幻着，显得格外美丽。看到这个纽扣的人们都会短暂地停下前行的脚步，目不转睛地盯着这美丽的纽扣。不认识正雄的陌生人只会默默地扭头看看纽扣，和正雄相识的人则会跟正雄要纽扣来玩：“啊，这个扣子这么漂亮啊，让我看看行不行？”说着，便拿过纽扣，放在掌心仔细欣赏着。可是，没有人能分辨出这个蓝色纽扣是由什么制成的。是石头，还是贝壳？没有人知道。

“能不能把你的纽扣送给我一个呀？”很多人都对正雄说过。但是，正雄却觉得，要是将这些纽扣轻易地送走了，那他和水野之间的友谊记忆就会渐渐消失，他和水野的关系也会越来越远。所以，他一颗纽扣也没有送给别人。他说：“这颗纽扣是一个女孩子送给我的，除非谁知道这个女孩子住在哪里，并且征得她的同意，我才能把扣子送给你。因为这扣子很珍贵，这是她父亲留给她的，她很珍惜，然后又送给了我……”。

大家都说:“都这么久没有她的消息了，找到这个女孩的下落看来希望渺茫了。”可是，正雄仰望着晴朗的天空，喃喃自语到:“我跟那个女孩，都住在这同一片天空下，应该还会相遇吧……”想到这里，他感到难以言喻的悲伤和对水野的思念。

有一天，住在附近的那位个子很高的黑脸男人对正雄说：“小男孩，能不能把这纽扣给我一个？我会把他挂在我的表链上。我的工作是列车员，坐着火车四处奔波，或许不知在哪里就会碰到那位女孩，当那位姑娘登上我的火车时，看到我胸前挂着的这粒蓝色的纽扣，或许就会问我这颗纽扣是从哪儿得来的。我工作的火车行驶好几百英里，中途会在无数个站点停车……”。

正雄认为，这位大个子的列车员叔叔说得有道理，所以就送给了他一颗蓝色的纽扣。年轻的列车员也答应他，一旦有那个女孩的消息，就会立即告诉正雄。

又有一天，正雄和朋友们正在家门口玩耍着，突然来了个卖金鱼的小贩。卖金鱼的人看到这些孩子们，就把装金鱼的鱼桶放在地上让大家看。孩子们围着鱼桶，看着桶里的金鱼儿。有些金鱼尾巴是长长的，有的金鱼尾巴圆圆的，有的金鱼通体黑色，还有的金鱼有着金色的斑点。就在这时，买金鱼的商人看到正雄手上拿着的蓝色纽扣，惊讶地眼睛都瞪圆了，他向正雄恳求道："小伙子，你把这扣子送给我吧，我这桶里的金鱼你随便挑！"，正雄向卖金鱼的大叔讲述了这些蓝色纽扣的由来。于是，金鱼贩子说："小伙子，我背着金鱼四处游历，走过每个村子，路过每个小镇。从春天走到夏天，我哪里都去。我把这颗蓝色的纽扣系在我戴的斗笠的绳子上。万一哪一天，我到了一个镇子，那姑娘买金鱼的时候看到这颗蓝色的纽扣，应该会问问我这扣子是从哪儿得来的吧……。"他说。

正雄想了想，这个卖金鱼的人说得没错。于是，正雄也给小贩一颗蓝色的纽扣。即使正雄万般推辞，那个卖金鱼的大叔仍旧挑了三条金鱼送给正雄。

现在，正雄手里只剩下一颗蓝色的纽扣了。他决定，仅剩的这最后一颗纽扣，他无论怎样都要珍藏着，永远不会再送给别人了。他想，我什么时候能再见到水野呢？那个年轻的列车员什么时候才能在火车上遇到她呢?还有，那个卖金鱼的大叔什么时候才能走到她住的地方呢?

纽扣换来的三条金鱼在水盆里无忧无虑地游来游去。有一天晚上，正雄把那最后一颗蓝色纽扣放在枕头下，枕着它睡着了。梦里，他看到了一个港口，港口边，盖满了红砖红瓦的房子。

蓝色花朵飘香

有一个可爱的小姑娘名叫伸子。

“伸子，你难道忘记你五六岁时疼爱你的姐姐的样子了吗？”母亲说道，伸子听后不由得有些悲伤。

岁月像绿水一样无声地流逝。伸子已经十岁了，她歪着头想要回忆起过去的事。可是世界彷佛被淡蓝的雾所包围，好像有那么一个姐姐又好像没有，伸子无法确定，悲伤的情绪再次涌上心头。

“那个姐姐现在在哪儿呢？”伸子问妈妈。“嫁到很远的地方去了。”妈妈好像在回忆那个女儿，眯着眼睛说道。伸子眨着乌黑的大眼睛，再次问妈妈；“很远的地方是哪里呢？”“要坐好几天船才能到的外国。”听到妈妈这么说，伸子抬起头，望向远方的天空。“如果姐姐现在还在这里，那我该多幸福啊。”伸子陷入短暂的幻想，哪怕这个愿望无法实现，至少见姐姐一面也好。“妈妈，那个姐姐是怎样的一个人啊？”伸子想尽可能地多了解疼爱自己的姐姐。“是个美丽的姑娘，路过的行人都会回头看。”“我想看姐姐的照片。”伸子真的这样想。“你这是怎么啦？要是真的有照片就好了......”妈妈说着想起了那还没音讯的女儿，像伸子一样陷入了悲伤之中。

那年秋分，从国外寄来了一个又小又轻的盒子。“是谁寄来的呢？”妈妈说着并看了眼寄件人的名字。突然，她用开朗地声音大喊道：“伸子，是姐姐寄来的。”这时，伸子正在玩娃娃，听到妈妈的声音后，她立刻放下娃娃，跑了过来。伸子说：“是那疼爱我的姐姐寄来的吗？”“是啊。”妈妈一边拆盒子一边说，“是什么呢？”

秋天寂静的午后，微弱的阳光照在大地上。伸子热情地望着妈妈打开盒子。终于，从解开的包裹里拿出了好几种花草的种子，这些种子是从南美寄过来的。“一定能开出美丽的花。”大家期待着，仔细地将种子种在黑色素烧（陶器的一种）的花盆里。许久不见的姐姐终于来信，信中写道：伸子已经长大了，变得更可爱了吧。

从种子种下那日起，伸子就一直在等花开。一年过去了，第二年的春天来了。

“妈妈，这些花原本是长在南美温暖的环境里，到了我们这可能不会开花了。”伸子对妈妈说。这时，黑色素烧的花盆里冒出了淡红色的芽和泛着深灰色光泽的芽。“把它们移到阳光下，小心地照看。”妈妈回答说。

春分过去，樱花凋谢的时候，有一个花盆里开了红色的花，花朵十分美丽也十分脆弱。一天黄昏时分，那花被风吹散了。另一个花盆里开了蓝色的花，这花开的十分的好，一下子开了好几朵，还散发着令人眷恋的香气。伸子将鼻子凑过去闻花香，突然她跳了起来。“我想起姐姐啦......”她边喊边跑向妈妈那里，“我闻着蓝色花朵的香味，想起姐姐了。姐姐身材苗条，头发有点卷，对不对？”“是啊。”妈妈没有夸赞伸子做得真棒，只是笑着看着自己的孩子。

蓝色石头和奖牌

听说抓狗的人要来这里，这对于养狗的家庭可爱的小狗被抓不得了，所以得领取养犬证明戴在狗的脖子上才行。

但是，可怜的是无家可归的狗。即使是寒冷的夜晚，也没有温暖的狗窝，只能在屋檐下或树林里睡觉。而且，也不会有任何人为它们领取养犬证明并戴在脖子上。

小勇在外面走的时候，可以看到各种各样的狗。项圈上挂着养犬证明的狗，无论走在哪里都可以放心，所以也没有什么特别的感觉。但是，其中有的狗没有项圈，有的狗虽然有项圈，却没有挂养犬证明。这些狗不是被遗弃的，就是在森林里或者空房子里出生的，根本就没有主人。

所以小勇就心想:“得到可靠的人类的帮助和没有得到任何帮助的小狗，到底哪个更幸福呢？”“要是被抓狗的人发现了，说不定什么时候就会被逮住。”小勇一看到没有证明的狗就觉得可怜。所以，他每次都很担心小黑。

小勇疼爱的小黑，也是一只流浪狗。因为是在森林里出生，在森林里长大的，所以很少跟人亲近，但是小勇会把自己得到的点心分给小黑。另外，如果有吃剩下的鱼骨的话，还会特意带去给它吃。因为日常就很疼爱小黑的缘故，所以小黑比谁都亲近小勇。

别的人一呼唤小黑，它就跑到近处摇着尾巴，但别人怎么也摸不到小黑的头。然后，小黑会小心翼翼地观察着对方的脸色。而当小勇叫他的时候，它似乎只对小勇感到放心，走到小勇的身边，把身体贴在他的脚边。然后，小勇摸了摸它的头，小黑眯起眼睛，高兴地叫着“汪！汪！”。所以，小勇宠爱小黑也不是没有道理的。

小勇屡次请求着：“妈妈，妈妈。能让小黑当家里的狗吗？”但是妈妈每次都没有爽快地回答小勇。

妈妈回答道：“养宠物很麻烦。而且，最后还得是由我来照顾……”

“不，妈妈！我一定亲自来照顾小狗。”虽然小勇这么说，但母亲却怎么也不相信。又有一次，小勇执拗地求妈妈。妈妈却说:“以前你也这么说过，养过小鸟，但照顾小鸟的工作不是都得由妈妈来做吗？因为狗和小鸟不一样，我是照顾不了的。”

于是小勇觉得就算再怎么求妈妈也没有希望了，所以决定拜托爸爸。小勇心想，如果父亲答应了，那时候母亲也一定会允许我养小黑的。

“爸爸，爸爸！让小黑当我们家的小狗吧。”小勇紧紧搂住了从单位工作完回来的父亲的脖子。真不愧是自己的父亲，父亲说在自己小的时候，不仅喜欢小狗、小猫、小鸟等动物，而且有养过的经验，所以没有说不许养小狗。只是在之后详细地向小勇问了小黑是一只什么样的狗。

小勇把他所知道的一切都说了：“小黑这只狗非常聪明哦。它只跟我一起走，不跟别的人走。就算跟我一起，走远了一点，它也会马上自己回去，因为它知道自己没有证明。”

小勇这么说着，父亲一边点头一边听着。然后说道：“你说得没错。不过，不光是那只小黑，所有的野狗都是聪明的，因为没有人能保护它们，所以它们不会放松警惕。而且，从出生就在野外长大的狗，不是你能把它带回家来的，所以不用考虑在家里养它，只要好好地照顾它就行了。”

原来如此，小勇也明白了在家里养小黑似乎是不可能的事情了，所以再怎么央求父亲也没用了。

“可是，要是被抓狗的人发现了，会被带走的吧……。”想到这里，小勇就担心该怎么办才好。

晚上，森林里传来狗的叫声，就算是白天也有狗在吵吵嚷嚷，周围总觉得很喧闹，就会让小勇觉得是不是杀狗的人来抓狗了，是不是被小黑抓住了。想到这里小勇心里就会担心地咯噔一下，直到小勇跑到外面看到小黑，才终于放下心来。

有一天，小勇看到小德拿着一块铜制的奖牌。那枚奖牌看起来就像旧的养犬证明一样，大小、颜色都很像。如果把它挂在狗的项圈上，任谁看了都会以为是养犬证明的。

小勇问道：“小德，能把奖牌给我吗?”

阿德瞪大了眼睛，一副惊讶的样子。然后回答道：“这是别人送给我的宝贝，是死球的冠军奖牌。”

小勇说道：“那我拿点什么和你交换吧。”

小德问道“什么东西？”

小勇说道：“钢笔之类的”

但小德说“我不喜欢那种东西，因为如果上面的白金没了，那它不就算是坏了吗，那种东西根本写不了什么字。”

小勇说：“那就用我所有的你喜欢东西，来换你的那个奖牌吧。”

听小勇这么说，小德模仿着把奖牌像勋章一样戴在自己胸前。过了一会儿，小德这么回答道：“你曾经给我看过的那块蓝色的石头，我可以和你交换。”

“那个，是我从乡下带来的蓝色石头吗？”这次是小勇瞪大了眼睛。

“对，只有那块蓝色的石头可以和我交换。”小德看着小勇的脸说道。

“但是，那块蓝色的石头对我来说很重要。”小勇考虑着说道。

“如果不是那块石头的话，我是不会和你交换的。”小德说。

“要是钢笔就好了，钢笔不行吗？”小勇说。

“那种你姐姐的旧东西，我并不喜欢。”小德对着小勇说道。

“那就和你交换那块蓝色的石头吧。”小勇因为想要奖牌的缘故，不由得下定了决心。

“好呀，那快交换吧！”

小德从很久以前就很想要那一块蓝色的石头，可能是快要得到的缘故不由地微微地笑了笑。小勇则跑去自己家里去取那块蓝色的石头。

这块蓝色的石头，是小勇暑假去遥远的北方的奶奶家时，在篱笆边的道路上发现的，当时这块石头只是漏出了一点头出来。因为这块石头太蓝太漂亮了，小勇拼命地用木棒把石头挖了出来。然后，在开满野玫瑰的里川清洗了那块石头。石头被水浸湿后，呈现出比天空还要蓝的颜色。

蓝色的石头和小勇一起坐火车穿过又暗又长的隧道，来到了一个陌生的国家。然后，在陌生城市的天空下，目不转睛地仰望着太阳。石头虽然不会说话，但到了陌生的地方应该也会害怕的吧。小勇把这块珍贵的石头拿给朋友们看。

“好美丽的石头啊！”小良、小德、小善都称赞道。

然后，小勇把石头放进抽屉里，不时地拿出来看看。只要一看到这块石头，乡下奶奶的脸，奶奶家的篱笆和开着白色野玫瑰的里川景色，就会清晰地浮现在小勇的眼前。

但是，比起蓝色的石头，小黑的生命更重要。小勇把用石头换来的奖牌戴在小黑的脖子上。不知道是因为这个原因，还是因为小黑做事谨慎，其他的野狗都被抓住了，只有小黑平安无事。

“勇治那么疼爱那只狗，要不要给他领取证明呢。”有一天，小勇的父亲看到小黑高兴地扑向小勇的样子，小声地说道。

蓝色钟塔

一

小夜子每天晚上都会倚着二楼的栏杆眺望外面的风景。风吹拂着树叶，星星在蓝天眨着眼，远方小镇的灯火在雾气中闪烁。

每天一到那个时间，就能听到远处小镇传出一种无法用语言形容的悦耳的声音。小夜子一边认真倾听一边自言自语："这是什么声音呢？从哪传出来的？"听着听着，不一会儿，太阳下山了，广阔大地被夜色笼罩，渐渐地星星也出来了。不知不觉间，那个声音越来越小直至消失。

到了第二天晚上，她又听到了那个声音，感觉声音热闹的同时又觉得有些悲伤。从其它各种声音中独立出来，就像在唱歌一样。听到这里，小夜子已经走了很久又穿过了许多地方。小镇方向传出了电车的声音和火车的笛声。

小夜子想去传出悦耳声音的地方看看。但是年纪还小，去那么远的地方而且还是晚上，实在有些害怕，于是慢慢打消了念头。可是有一天，小夜子趁着时间还不算晚，又实在想去看看，就急匆匆地出门了。

二

小夜子站在草原的小路上，时不时地倾听。西边的天，太阳落山后的云有些微微泛红。因为电车来往在热闹的街道，周围环境嘈杂，所以小夜子没能听到那悦耳的声音。小夜子心想这可不行。于是去到更为安静的地方，这一次终于能清楚地听到了。小夜子迅速地朝着传出声音的方向走去。不知什么时候，天黑了，月亮出来了。

小夜子来到了她从未来过的小镇。街上排列着西洋风的建筑物，道路两旁种着柳树。这是一个安静的小镇。

小夜子在街上走着，一个高大的建筑物映入了她的眼帘。那是一个钟塔，塔上安装了一个大型时钟。月光照在大钟的玻璃上，能看到钟是蓝色的。下面是窗户，其中一扇玻璃窗里摆放着精美的物品，有金银的手表、戒指还有红色、蓝色、紫色等各种颜色的宝石，像星星一样耀眼。浅桃红色的光线从另一扇窗子里透出来，落在地上点缀着铺路石。悦耳的声音就是从这户人家传出来的。

小夜子觉得这家很热闹，有着春天般的气息。不知道里面是什么样的。她靠在窗边，脚踩在放在那儿的石头上，将自己小小的身体支撑在上面。

屋子装扮的很漂亮，大灯亮着，还有淡红色的玻璃花。里面放着一张大桌子，好像是水晶制造的瓶子里，放着红色的郁金香和白玫瑰。一个白胡须老爷爷面对着桌子坐在安乐椅上，旁边有三个美丽的女儿，一个在弹钢琴，一个在弹拨曼陀铃（一种拨弦乐器），还有一个在放声歌唱。歌唱完后，房子里响起了开朗的笑声，大家开心地聊着天。老爷爷很高兴，笑眯眯地看着三个女儿。

三

小夜子心想这世上也有如此和睦的家庭。不过，不能回去太晚了。于是离开了窗边，一回头就看到月光照耀着高高的蓝色钟塔。接着她离开小镇，走在原野的小路上。那悦耳的声音穿过各种响声，从遥远的小镇传来。

第二天，小夜子来到二楼的栏杆处，听那悦耳的声音。心想：哎呀，这个时候，住在蓝色钟塔下的孝顺的女儿们，应该在弹琴、唱歌、弹奏曼陀铃来宽慰年老的父亲吧。于是，想着想着那间装饰得很漂亮的房子仿佛再次出现在眼前。

一天，小夜子像往常一样听小镇方向传来的声音，这次的声音却带着一丝悲伤。这是怎么回事呢?小夜子想去探个究竟。

小夜子这次没有迷路，成功抵达了小镇。月亮有些缺，但那流动的蓝色光线依然照在钟塔上，高塔在夜空中耸立着。小夜子来到窗前站在石头上往里看。房间的样子没变，但桌子旁的床上，女儿们的父亲躺在那里。三个女儿不像当初那样笑得很开心，而是露出了担心的表情。之后，父亲说了些什么并手指了指保险箱方向。大女儿便走到保险箱那，将门打开，把装了很多金币的箱子拿到父亲枕边。父亲又说了些什么然后从床上起来，用削瘦的手给姐妹三人分金币。看到这样的情形，小夜子十分悲伤。回去的路上，她想着总有一天她也会和父母分别。

四

跟往常一样，在那之后，小夜子还是能听到从小镇传来的熟悉的悦耳声音。白色的银河，朦胧的宛如梦幻般在空中流淌，星星像珍珠一样闪耀。那天夜里，从小镇方向传来了与以往不同的声音，这声音比平时热闹，也有些复杂。小夜子又想去那里看看了。

她又来到那户人家的窗户下，踩在石头上朝里看。房间的样子完全变了。不仅变得更漂亮，装饰物也更加新奇，而且除了三个姑娘外，还有四五个没见过的年轻绅士。绅士们时而弹奏乐器，时而唱歌。姑娘们打扮得漂漂亮亮，展现出前所未有的美丽。桌子上摆满了各种各样的花，除了桃红色的灯外，绿色的灯也亮着，让人感觉仿佛来到了乐园。只是，没有看见她们的父亲。这些年轻的男女，一会儿唱歌，一会儿聊天，一会儿拉着手跳舞。

那天夜里，小夜子在回去的路上想着，为什么那些人能这么快乐地玩耍着呢……总觉得有些不可思议。

从那以后，小夜子每晚一听到从小镇传来的声音就会感到不可思议。

不久，炎热的夏季过去了。到了燕子飞越大海，去往遥远南方的永久夏之国的时候了。一天夜里，小夜子来到二楼的栏杆处，一边望着寒冷的星光，一边想要倾听从小镇传来的声音。却不知为何，听不见那熟悉的声音。第二天还是没听到。小夜子觉得奇怪，就来到小镇。只见那户人家大门紧闭，门上挂着出售房屋的牌子。高耸的钟塔独自伫立在蔚蓝的天空，初秋的星光映照在冰冷的玻璃上。

两种命运

那是一个要起风的日子，一只蝉遇到了一只小蝴蝶。“天空的样子好吓人啊，今晚可能会下雨，我们赶紧回家吧。”蝉说。诚实的蝴蝶抬头望着天空回答说:“天真的黑了，云出来得那么早，我们早点回家吧。”于是，两个人迎着风飞到了空中，可是小蝴蝶总是落后一步，蝉很着急。“蝴蝶小姐，你家在哪里呀?”蝉问道。“我家在那边的花园里，我的姐姐和妹妹都在那里等着我呢。”小蝴蝶回答说。“那样不可靠的花园，怎么能抵挡得住今晚的大风呢？”蝉一脸惊讶地说。蝴蝶又抬头望向天空。天空的情景变得越来越可怕。

“你家在哪里呀?”蝴蝶问蝉说。“我家吗?那是棵大树。再往前走一点，你就能看到那棵树，它树枝茂密，很耐风吹雨打。不管刮什么大风，它都是安全的。我们实在过不了像你那样不踏实的生活。”蝉得意地回答道。那边是黑色茂密的大树，这边是开满了美丽花朵的花园，两人不得不分别了。“蝴蝶小姐，今晚要小心呀。如果我们都没事的话，那再见面吧。”蝉说。“你也请多保重！我祈祷上帝保佑你幸福。”蝴蝶说。然后，他们向左右两边分开走了。“我真的还会再遇到那个可怜的蝴蝶吗?”蝉边飞边想。果然，那天晚上的暴风雨是用语言无法形容的可怕。蝉停在大树上，几次都快要被甩下来了，被吓了一跳。而且，他连个好觉都睡不了，雨滴从茂密的树枝间滴落下来。树叶发出沙沙的声响，像大浪的拍打声，又像水花的溅起声，蝉平安地活着。“真可怜，那只蝴蝶一定在这场暴风雨中死掉了吧。”蝉害怕着，想起了蝴蝶。

第二天，雨散了，风也停了。蝉飞往花园，想看看蝴蝶的情况。就在这时，他正好遇到了蝴蝶。“祝你一切顺利。”蝴蝶对蝉说。蝉露出意外的表情，“昨天晚上没有出什么事吗?”他问道。“那真是一场可怕的暴风雨啊，大家抱在一起瑟瑟发抖。我很担心会发生什么，不过大家都平安无事。因为太阳公公出来了，大家都恢复了精神。”小蝴蝶勇敢地说道。蝉心里很可怜小蝴蝶，昨晚好在侥幸得救了，但下次暴风雨的时候，花一定会凋零，小蝴蝶也会死去吧。蝉为他们没注意到这一点而感到遗憾。“蝴蝶小姐，秋天越来越近了，大家都必须考虑到死亡这件事了。”蝉一边说，一边想着，如果感到寒冷，自己躲在那棵茂密的大树里，那样就不会那么害怕了。“一想到天气变冷，我就浑身发抖。一想到我住的地方，那些温柔的花朵将要凋谢的时候，我就感到非常痛苦...”蝴蝶吓得浑身发抖着说道。“我们之间关系这么好，会再见面的。趁现在，你就跳起来吧，舞起来吧。”蝉觉得蝴蝶很可怜，安慰了她几句，过一会儿不由得走开了。

一天天过去了，风变得越来越大了，之前从南边吹来的风，现在变成从西边吹来、然后又从北边吹来。风似乎越过了遥远的高山的雪地吹来，变得又冷又寒。小蝴蝶看到这情况很担心。蝉神采奕奕地叫着，鸣叫声却渐渐变得微弱。这个世界突然发生了这么大的变化，两个人再也没有机会见面聊天了。那是对所有昆虫来说都是最可怕的霜降的一天。当黎明来临的时候，四周鸦雀无声，草和树叶都枯萎了，所有的虫子基本上都在夜里死掉了。在那棵大树下，幻想着能活下去的蝉变成了尸体，落在地上，很快，一群小蚂蚁不知从哪里找到了他的尸体。到花园里一看，却没有看到可怜的花朵惨不忍睹地掉落到地面的情形，花朵还是抱着小小的蝴蝶。小蝴蝶和花直到最后都互相帮助，之后任凭命运摆弄。停在花上的蝴蝶微微扇动着破损的翅膀，等待着太阳的升起。

猎人与药商

很久很久以前，村子里住着一个猎人。那是一个深秋，有一天一个陌生的男人来找猎人，对他说道:“我是个云游四方的药贩子，一直苦苦寻找熊胆。听说你是个神枪手，你能不能打只大熊，把他的胆取下来给我？放心，报酬少不了你的！”

猎人是一个穷光蛋，心想这真是一件好差事，他说“既然如此，那我就即刻启程，进山找熊！”“这是再好不过的啦，眼下这个时候熊胆都脱销了，我们正发愁呢，要是有的话定能卖个好价钱！”，药商回答道。

听到这话，猎人欣然地走向深林。村子西边净是层峦叠嶂的高山。很早以前，那座山上就栖息着熊和狼。猎人做好了一切准备，扛着步枪上山去了。他越过大雾迷漫着的高岭，趟过哗哗流淌着的溪涧，向深山老林里走去，越向深处去就越是无路可走，只有落叶簌簌地落在他身上。

猎人时而破路前行，时而侧耳倾听，一路上走走停停。他不断观察着周围，想看看会不会有狗熊活动的迹象。没过一会他就发现了一个巨大的脚印，“啊，熊！这是熊的脚印！”猎人喜不自胜地叫出声来。

这真是天赐良机啊，我来给它一枪，结束它的性命，就赶紧回家！这样一来，我把熊胆高价卖给那云游药商；熊肉带回去给乡亲们尝尝；熊皮的话……皮我也能换不少钱！猎人一边激动地想着，一边就将步枪从肩膀上摘下来，装上子弹，循着那脚印，跟了上去。

后山云雾缭绕，秋日暖阳暖洋洋地洒下来。猎人看到二三十米的远处，有一棵高大的橡树，树上挂满了熟透的橡果，就在树下，有一个黑色的东西在不停地动。“找到了！在这！”猎人压低了嗓门。为了不打草惊蛇，猎人便一直躲在树荫下，观察熊的情况。他发现树下原来有两只熊，一只大的，一只小的。那小熊看着像刚出生没几天，大熊应该是它的妈妈。两只熊此时并不知道自己已经被人类盯上，它们正快乐地玩闹着。小熊不知是喝腻了奶，还是吃腻了橡果，它一会儿骑在妈妈的背上，一会儿扑到妈妈怀里。母熊不仅不嫌它吵，反而觉得自己的小宝贝实在是太可爱了。母亲觉得无奈，只得任由小熊骑着，有时她还翻过身来，把小熊抱起来，看着小熊活蹦乱跳的样子，母熊真开心。正在这时，猎人悄悄举起了枪，把枪把放在自己肩膀上，准星瞄准了目标。他是远近闻名的神枪手，自然万无一失，没有失手的道理，然后，扣上扳机的手指却突然间松了下来。“把母熊打死了的话，小熊会多么伤心啊。而且现在是深秋，到了晚上只会更冷，没有了妈妈温暖的怀抱，小熊怎么睡得着呢？我实在是不想害死这可怜的小熊。”猎人这样说着，不再狩猎，打算直接回家去。

回家路上，他遇上了一个陌生的猎手，那猎手也是打算去山里打熊的。那男人十分傲慢，看到没有带着任何猎物回家的猎人，就对他嗤之以鼻：“我可从来没有进山不得手的时候，空手回家这事我从没干过！这次我下山了，我把打来的狐狸、狼、大熊这些猎物送给你，让你们好好看看我的本领！”，猎手大言不惭，夸下海口。

与那嚣张气焰相反，没有打那小熊母子的善良的猎人边走边想着：哎呀，那熊母子快快将自己藏好别被发现了呀！”在家里，猎人的妻子在憧憬着：“丈夫好久都没上山了，要是打到那猎物，平安无事地回来就好了。而且，如果熊能卖个好价钱，孩子也能买春天的新衣裳了，我们家也能改善生活了，真是一件大好事啊”，正这样想着，她的丈夫却两手空空地回来了，“没有发现猎物吗？”，猎人的妻子问。猎人回答说，虽然找到了，但熊母子那天真无邪的可怜模样使他不忍心动手，所以只好空着手回家。猎人的妻子也是一个心地善良的人，她说道：“这是做了好事啊，父母与子女之间的爱，无论是人类还是动物之间，我想应该都是一样的。只要是有同情心的人，都不会忍心猎杀它们的，你休养一段时间，改天再进山吧”。

过了两三天，猎人又扛着猎枪出门了。途中，他听说就在前几天，有一位猎人进山打熊，没打中大熊，却被大熊打成重伤，于是下了山。“那不就是自己回家的时候遇见的那个猎人吗？虽然他当初夸下海口，但一定是没打中，所以可能被熊咬伤了”，猎人这样想着。如果被人伤害过，那么熊就一定会有所察觉，所以如果熊下次再见到人的话，一定会特别生气地扑过来，所以猎人一点也不能疏忽大意，他小心翼翼进了山里。不久，他便来到了小熊母子共同玩耍过的那片后山。

啊，就是这里啊，这里的景色和那时一样，橡树的落叶全变成了金黄色，树上挂满了熟透了的橡果。但是，今天却没有看到熊的身影。“这么说来，那个猎人打的熊，是不是就是那头母熊？”，猎人这样想着，“如果是这样的话，那头母熊和小熊现在怎么样了？”，他一边思考一边一步步地往更深的地方走去了。

很快，猎人就来到了一处有熊足迹的地方，那地方的草都被压得倒下去了。猎人根据自己的经验来看，那是熊不久前经过的地方。所以，不知道什么时候会从哪里扑过来一头熊。猎人蹑手蹑脚循着脚印跟过去，却听到悬崖附近，传来了一阵非常尖锐的声音。“啊，是前几天被猎人打伤了的熊，它受了伤倒下了！”，猎人脑海里立刻就浮现出这样的场景。“好吧，那就由我今天来结果你。”猎人尽力不发出声音，轻手轻脚地走近一看。那是什么样的场景呢？受伤的正是上次遇见的熊妈妈，它瘫倒在地，可怜的小熊宝宝只能一边担心地看着妈妈，一边帮妈妈舔舐着伤口。猎人看到这一幕后，怎么忍心能把枪对准熊母子呢？于是，他又蹑手蹑脚地退回去了。然后，他再也没打熊，直接回到了家里。

“啊，虽然是为了生活，但是残忍地杀生，这种交易真是让人生厌。打死那只熊算不了什么难事，但我是为了钱，我怎么能做出那样残忍的事呢？”猎人叹了一口气。然而，令人头疼的事情发生了，猎人的妻子得了重感冒，整日卧床。但是猎人实在太穷了，穷得别说去看医生了，连家里基本的温饱都无法满足。猎人家无依无靠，又无能为力，猎人便决心卖掉自己心爱的猎枪。因为除此之外，家里便没有什么值钱的东西可卖了。“如果把枪卖了，从明天开始，我便再也无法去打猎了。”他心里虽然这么想，但是在妻子的病面前，他丝毫犹豫不得。所以一天早上，他拿着猎枪就要上街去卖。就在这个时候，那位云游四方的药商来了，他问猎人有没有打到熊。猎人便把那之后把所有的事情一五一十地坦白了。

一直默默倾听着的药商也连连点头，他说道：“不，您真是善良的猎人，您才是真正的人。我苦苦寻找熊胆，不仅仅是为了赚钱，更是为了拯救人们的生命。听了您的故事，我真是为难，您家穷得叫您把赖以生存的猎枪都给卖了，这叫什么话！我就把钱放在您这里，因为我下次再来的时候，请您先把那些让人害怕，而不可怜的大熊打来给我吧，我要来收它们的熊胆。”说着，便把钱交给了他。

后来，村里的人都听说了这个故事，他们不仅称赞猎人，还称赞药商，说他是个了不起的人。

妈妈真了不起

小勇是家里最小的孩子。因为他经常闹肚子，所以家里人尽可能地不让他吃水果。哥哥姐姐们有时会在小勇出去玩的时候吃水果，或者是等到夜里小勇睡着后再偷偷吃。

“我想吃枇杷。”“我想吃水蜜桃。”一到不同水果的季节，哥哥姐姐们就会看着货架上各种各样好吃的水果讨论起来。这时，妈妈会说：“等到了晚上，小勇睡着后，我再买来给你们吃吧。”

一天，他们一家收到了别人送的馅饼。“哇，看起来好好吃啊。”姐姐说道。太郎也叫道：“妈妈，快切吧!”二郎一边看着馅饼一边说：“里面有水果，小勇不能吃呢。”从一开始就一直默默盯着馅饼的小勇，听到这话后气得脸涨得通红。他扑向二郎，吵了起来:“哪有这种事啊！我也要吃！”“是的是的，这个小勇也能吃。”听到妈妈这么说，小勇才消了气。“我要吃多多的。”小勇努力争取道。二郎听后，嚷嚷着说：“这也太不讲道理了。妈妈，您得公平才行。”“妈妈一向很公平啊。”正说着，大家看到二郎将尺子拿了出来，都被他逗笑了。

吃完馅饼，妈妈从架子上将装有水果软糖的袋子拿下来，并把糖果分给四个孩子。五颜六色的月牙状的糖果，在各自面前的盘子里闪闪发光。太郎说;“我就只有这么点。”二郎也跟在后面说;“姐姐的最多。”“不是的，大家一样多。你们数一数就知道了。”听到妈妈这么说后，大家纷纷开始数了起来。结果，除了最小的小勇多了一个外，其余三人的数量是一样的。

“看看，妈妈不用数都能做到公平公正。”

“妈妈真了不起。”孩子们佩服地瞪大了眼睛。

卖药郎

一

故事发生在北国，不知道从哪里来了一个奇怪的男人。

那个男人提着一个黄色的袋子，一边吆喝着卖药一边走着。在夏天炎热的日子里，这个男人从一个村子走到另一个村子，但是人们觉得那药的气味实在是难闻了，几乎没有人买他的药。

但是，男人在烈日下戴着斗笠依然很有耐心地提着黄色的袋子在卖药。

他边走边喊着说："这热得实在让人受不了了，正好来吃一些神奇的药吧。"

孩子们一看到卖药郎就说是人贩子来了，都害怕地躲起来，谁也不敢靠近他。

有一天，太郎一个人在田地里玩耍，远处传来纺车嘎吱嘎吱的声音。大海那边是蔚蓝的天空，晴朗得连一片云都没有。蜻蜓一会儿停在黄瓜和西瓜那大大的叶子上，一会儿停在棚架的顶端，除此之外就看不到其他人影了。

这时，从远处传来了卖药郎的叫卖声。太郎想起村里人说的话：就算每天都这样辛苦地坚持走着叫喊着卖药，也不会有多少人买吧。于是大郎总觉得那个卖药的人很可怜。可是大郎又觉得那药的气味实在是太难闻了，想躲起来可是又没有让他躲藏的地方，就默默地站在黄瓜篱笆的后面。这时，卖药郎吆喝的声音越来越近了。

有一条狭窄而且很少有人走的小路就在大郎家田地旁边，他心里很担心，只能祈祷着卖药的男人不会发现自己。但是不知不觉间，卖药郎已经走到太郎跟前，太郎只能低着头不去看他的脸。

这时，卖药郎叫道："小少爷，小少爷。"

突然被这么一叫，太郎不由得打了个寒战。他终于抬起头，有点害怕地望向卖药郎，只见戴着斗笠的卖药郎站在路上，一直看着自己这边呢。

卖药郎说："小少爷，有件事想拜托您。"

太郎听到了卖药郎的请求然后回答道："什么事情啊？"

卖药郎用手指拨弄着扇子说："我渴得实在没办法了，这附近有没有水啊?"

太郎回答道："要一直往那边很远的地方走才有水井的。"

卖药郎说："是这样啊，我已经渴得实在是受不了了，它还在那么远的地方啊。"然后又似乎小声地说了些什么。

这时，太郎突然想起来了，向卖药郎问道："爷爷，我给您摘西瓜吃好吗？"

听到这话，卖药郎露出笑脸说道:"这正是我想拜托你的事情，这是小少爷自己家的田地吗？"

太郎回答道："这是我家的田地。"

卖药郎说："真是太好了，那我想要一个西瓜。"

太郎把果肉最饱满，水分最多的一个西瓜拿出来递给了卖药郎。

卖药郎感受到太郎的亲切与友善，非常的高兴。然后说道："小少爷，我不会忘记你的好意的。我这里有一种在生病或受伤昏过去的时候，一服下就能立即见效的神奇的药。但是我没有带很多，只有两三颗。作为谢礼，我把这个送给你。"随后从黄色袋子里把包裹着小纸的药丸拿出来递给太郎。

太郎接过药丸然后致谢道："爷爷，真是太感谢您了。"

卖药郎摸了摸太郎的头然后说道："等船进入这个港口的时候，我就会乘坐它离开这个国家，短时间内我不会再见到你了。明年夏天和后年夏天，我都不会再来到这里，小少爷，一定要健康长大。"

很快两人便分别了。过了两三天，这港口驶进了一艘陌生的黑色的船，这样的船非常少见。那艘船在海上停了一天一夜，第二天就不见了踪影。从那天开始，村子里就看不到卖药的人了，而太郎把卖药郎给的药丸珍藏了起来。

二

那是一个阴天，太郎来到了海边，看到一只很大的鸟落在了海浪猛烈翻涌的岸边，并且正在挣扎着。太郎想看清楚究竟是怎么一回事，他走近一看，只见那是一只海雕，它浑身是血，翅膀也受伤了。

太郎一看这情景，就知道它一定是在哪里和其他动物战斗时而受了伤的，所以才会飞到这里，最后没有力气了才摔下来的。这时太郎想到了卖药郎给的神奇的药丸可能有用，然后他立刻跑回家去，拿着以前得到的药丸，把它给快要死了的海雕吃了。

这期间，海浪不断地在涌过来，想要把海雕拖到海里，于是太郎站在那里守护着它不让它被海浪带走。过了一会儿，海雕慢慢地开始动了起来；又过了一会儿，它连续两三次强有力地振动了翅膀，就像重生了一样很有力气地站了起来。然后，在阴沉的天空中飞了一大圈，俯视着下方还在不断翻涌着的海水，最后不知道飞到哪里去了。

太郎此刻对从卖药郎那里得来的神奇的药丸的效果感到非常的惊讶。太郎想了很多：那个卖药郎究竟是从哪里来的，又去到了哪里？有艘陌生的船来过，船开动的那一天，卖药的人就不见了等等。他呆呆地眺望着海面，远处有好几艘冒着黑烟的船来来往往。

那天晚上，大海非常的凶猛，掀起一排排的巨浪，风也在怒吼着。防雨窗也发出了“梆梆”的大响。太郎的家位于海边，每当一刮大风的时候,就好像快要被晃倒了一样。

夜里，太郎因为听到的猛烈风声而睡不着，然后心想：在这样的日子里航海的人，该有多么艰难啊。卖药的爷爷，不知现在怎么样了，应该已经到了某个港口了吧。或者，他要去一个遥远的国家，实在是担心他是否还在船上以及现在的境遇啊。

就在这时，枕头边的防雨窗传来敲打的声音，太郎以为是从海边吹来的强风的声音。但是紧接着，他听到了振动翅膀的声音。

太郎心想：一定是因为海鸟的巢被风刮走了，才会到房子下吵吵嚷嚷的吧。

但是由于能频繁听到那翅膀拍打的声音，太郎就想知道那到底是什么，就起床打开防雨窗往外一看，只见天空一片漆黑，连一颗星星都看不到，只能听到海浪还在发出阵阵激烈的拍打声。

突然，一只鸟从窗户飞进了房间，是上次被太郎救了一命的那只海雕。它叼着一个袋子，然后把袋子扔在了太郎睡觉的床上，接着又跳进黑暗中，不知去向的飞走了。

太郎捡起海雕丢下的袋子一看，是一个黄色的小袋子。和卖药郎拿着的大袋子的样子很像，只是不知道是否卖药郎也常常拿着这个袋子。太郎打开袋子一看，里面是一副小小的望远镜。然后他试着用了一下，发现这真是一副不可思议的望远镜，甚至于比飞翔的鸟儿的眼睛还要灵敏。这完全就是海雕为了感谢太郎救了它一命而带来的礼物啊。

天亮之后，大风也停了，但海面上乌云密布，根本看不见船影。太郎站在海边，用海雕给的望远镜观察着海面，那副望远镜镜就像海雕的眼睛一样，能看见几百里远的大海的景色。那里波浪平稳，太阳静静地在天空中照耀着，天空晴朗，呈现出湛蓝色，还能看见有海鸟在飞，有几艘船冒着黑烟，悠然地在波浪上航行。太郎在望远镜中寻找了很多船，但是没有找到卖药郎所乘坐的。

然后太郎发现有一艘船行驶得最远，其次还有一艘船跟在它的后面，只是形状有些不同。太郎心想着：莫非是那艘船？他把望远镜镜对准那艘船仔细一看，果然是那艘曾经在他这里的港口停靠过的他不熟悉的黑色的船，。

因为想知道卖药郎怎么样了，所以太郎继续在船上寻找着卖药郎，然后他发现卖药郎正在甲板上和一个太郎不认识的商人在一边抽着烟，一边笑着不知道在说些什么。之后，只见商人的脸色阴沉得可怕，然后从箱子里拿出珊瑚、珍珠、玛瑙、水晶等各种名贵美丽的宝石递给了卖药郎。

太郎一直看着卖药郎，目送着他所乘坐的那艘船，一直到船变得越来越小，驶向了一个陌生的遥远国度。

牛女

在很久很久以前，有个小村子，小村子里有一个身形高大的女人，因为过于高大所以总是低着头走路。那个女人不会说话，性情十分温和，易落泪，而且非常疼爱自己的孩子。

她总是穿着一套黑色的和服，她有一个孩子，母子二人一直相依为命。村里的人还经常看到她手牵着手教她年幼的孩子走路。因为这个高大的女人有如此温柔的一面，于是也不知从谁开始，大家给她取了个“牛女”的外号。

这个女人一路过，孩子们就大喊“牛女来啦！”像是看到什么稀奇物什似的。孩子就一直跟在她身后叫嚷着，虽然说了她很多坏话，但她仍像往常一样低着头，因为什么都没听见，也不会说话，就只能沉默着低着头，慢悠悠地走着，全然一副温顺而又可怜的样子。

牛女极其疼爱自己孩子，她深知自己是个残疾人，她的孩子因为是残疾人的孩子而饱受歧视，更深知因为孩子没有父亲，除了她自己以外没有人会疼爱她的孩子。

因此牛女愈发怜惜自己的孩子，愈发疼爱他。牛女的孩子是个男孩子，很依恋他母亲，母亲去哪他都要跟着去。牛女因为体型高大力气也比其他人大好几倍，而脾气又特别好，人们都请她帮忙做体力活。例如背柴火，运石头，还有挑行李等等重活。牛女对这些工作都完成得很好，于是靠这些工作赚的钱，母子二人也能维持着生活。

天有不测之风云，如此强壮且力大如牛的牛女竟然病倒了，无论是谁都逃不过疾病这一关啊。而且牛女的病还颇为严重，无法再继续工作了。

牛女在想自己真的会死吗？如果死了的话又有谁能替自己照看孩子呢？牛女如此想着，始终不愿吐出最后一口气离去。自己的灵魂即使变成什么东西也要护佑她儿子的未来。牛女大大的眼睛中流淌着无限柔情，乱珠般的泪水无声地落下。不过，在命运面前人类总是显得如此渺小，牛女亦是如此。随着病情加重她最终还是去世了。

村民们都觉得牛女十分可怜，深深体会到了她对遗子浓浓的牵挂，对此无不落泪哀叹。他们筹集资金为牛女举行了葬礼，把她埋到了墓地。随后又决定大家轮流抚养照顾她的儿子。这个小男孩就这样穿梭于各家各户讨生活，随着时间流逝慢慢长大了。但是每当遇到高兴的事抑或悲伤的事，男孩都会思念起母亲。

四季交替，万物更迭。小村子又拥抱了冬天，小男孩又拥抱了思念。他渐渐地又开始想念母亲，思绪一出便无法抑制，思母之情如决堤般一发不可收拾，始终在他心头萦绕。

在某一个冬日，男孩站在村子的尽头，眺望着那边国境的山川，在高山的山腰处，母亲的身影清晰地浮现在洁白的雪地上。男孩看到这吓了一大跳，很想跑去告诉大人，但转念一想这种事说出来也没用，恐怕没人会相信。

每当男孩想念母亲时，他就站在村子的尽头眺望远处的山。于是一到晴天便能清楚地看到母亲的身影。他感受到母亲一如曾经那般沉默，深切地望着自己，一直关注着他儿子的成长。

尽管男孩对此事缄口不提，但最终还是有细心的村民发现了这件事，于是扬言道“牛女复活啦！就在西山那边！”。闻言，村民们纷纷跑出家门，向西山那边眺望。

“牛女一定是想念她孩子才回来的吧”村民们如此感叹道。孩子们在天气晴朗的傍晚会朝着西边国境的高山齐声大喊：“牛女！牛女！”。

然而不知不觉中初春已经到来，积雪逐渐消融，牛女的身影也随之逐渐模糊淡去。到了春季中旬积雪完全消融，牛女的身影也完全看不见了。

但是当下一个冬天来临时，小村庄白雪飘零，白雪皑皑的西山又浮现出牛女清晰的身影。村里的大人和小孩在这个冬天里都在谈论着牛女的故事。至于牛女的儿子，他每天都会站在村子的尽头远远望着阿妈眷恋的身影。

“牛女又出现在西山那边，肯定在担心她的孩子有没有冻着饿着，真是可怜人啊。”村民们感叹道。于是大家对男孩更加细心照顾了。

不久后春天再次来临，天气变暖，牛女的身影随着积雪慢慢消散。

就这样一年又一年，每年冬天西山上都会出现牛女的身影。不久后男孩长大了，于是他被派到了村子附近的一个小镇上，去给一个商人打工。即便男孩离开村庄，村民们在下雪天依然能看见西山上牛女的身影，看到这不禁又感叹一个母亲对孩子深深的牵挂。

“啊，牛女的身影在逐渐消散，气候应该要转暖了吧”村民们谈论道。果不其然，气候最终如人们所说的那样发生了变化。

某年的春天，牛女的儿子没有告知西山上的母亲，就擅自离开商人家，搭上一辆汽车舍弃故乡奔赴南方的国家，在这之后男孩便音信全无。春去秋来，秋尽冬至。不久后山间，村落，小镇都下起了雪，不过不可思议的是今年的西山上没有出现牛女的身影，究其原因，不得而知。

村民们起初对此感到很奇怪，不过转念一想：“儿子都离开这里了，牛女当然也没有必要守在这里了啊。”大家对此也表示理解。

不知不觉中冬天即将结束，乍暖还寒之际，小镇中还是遍地残雪。在某天夜里，一个高大的女人来到了这里，漫无目的地走着。看到了这一幕的人无不感到震惊，这不正是消失许久的牛女吗！牛女是从哪来的呢？在这之后，人们经常在半夜看到牛女寂寞的背影，独自徘徊在悠长又寂寥的小巷。

“可怜的牛女一定不知道她的儿子早就离开故乡了吧，所以只能在城中徘徊，希冀发现儿子的踪影。”人们谈论道。

积雪的消融没有带走牛女的寂寞，城中仍时不时出现她的踪迹。到了春木发枝季节，即便在深夜天色也蒙蒙亮。一天夜里，有人看到牛女站在路边的阴影处啜泣。不过在那之后再也没有人看到牛女的身影了。牛女去哪了？恐怕已经离开这个小镇了。

自那年之后，即使到了冬天也看不见西山上那抹身影了。牛女的儿子已经去往南方，那是北方的雪无法到达的国度。他在那里辛勤地工作，最终成为了一个富翁，志得意满之时不禁怀念起生养他的故土。虽然那里没有母亲，也没有兄弟姐妹，但是有抚养自己长大的亲切的村民们。这个曾经的小男孩一想起那个村子和村民们，心里不禁泛起一阵阵暖流，想着一定要对他们给予厚报。

于是男人带上了许多南方土特产和钱财，千里迢迢地赶回了故乡。男人真挚地感谢了村民们，村民们也很高兴男人能够出人头地，纷纷表示祝贺。

牛女的儿子总觉得要为村庄做些什么，于是买下了村子里的大片土地，种上了很多苹果树苗。打算等到苹果丰收，就把它们卖给周边各国。他雇用了很多人給果苗施肥，到冬天时把果苗包裹起来以防树枝被大雪压断。不久后果木越长越高大，在这年春天大片的苹果花如雪一般绽放，花团锦簇。艳日高照，苹果花沐浴着阳光，蜜蜂在其间穿梭，整日都在辛勤地劳动着，花海中的嗡嗡之声不绝于耳。

初夏时分，青涩的小果长成铃铛般大小，果实正茁壮成长的时候，虫灾却突然来临了，烂果落了一地。一年又一年，情况也没有好转，苹果树总是被啃噬随后凋落。不管怎么说，这件事情中肯定有什么特殊的缘故。村子里有一个懂得比较多的老爷爷对牛女的儿子说：

“你可能是沾染了什么因果，你应该自己多反思反思”。

听到这，牛女的儿子仔细思索，但在此刻就是想不明白。不过在他独自一人静静思考时，突然想起自己当年离开小镇去往远方之际，母亲的灵魂都没有告慰就擅自离去。而且自己回到家乡后，都没有给母亲扫墓和做法事祭祀，想到这不禁感到无比羞愧。又想到：母亲是如此疼爱自己，而且死后还护佑着自己的平安，自己真的是太过于冷漠了！福至心灵，男人终于明白了这是母亲在天之灵的对自己的惩戒。于是男人诚恳地吊唁了母亲的灵魂，请来和尚和村民们诚心地为母亲举行了法事。

第二年春天，苹果树又开出雪瀑般的花朵。到了夏天，青翠的果实挂满枝头。每年一到这个时候都会有虫灾，但今年一定能结出令人满意的果实！

于是，在那年夏天的傍晚时分不知从哪飞出一大群蝙蝠，每晚都在果园上空盘旋，吃光了害虫。人们看到蝠群中有一只硕大的蝙蝠，如女王一般统领着其他蝙蝠。夜幕降临，圆月自东方天际升起，黑云翻墨之间，蝠群盘旋。那一年没有虫害，收成远远超过预期，村民们奔走相告互相传达着喜讯。

“牛女变成了蝙蝠，护佑着孩子的未来。”村民们感叹道，温和，柔情的牛女真是可怜又可敬，真是可怜天下父母心啊。

从此，每一年的夏季夜晚，都会有一只硕大的蝙蝠率领蝠群在果园上空盘旋。得益于此，果园里再也没有虫灾了，总是硕果累累。

就这样四五年后，牛女的儿子在此地安定了下来专心务农，从此过上了幸福的生活。

爬上树的孩子

在一个村子里，有个叫辰吉的男孩儿。辰吉很小的时候就和爸爸妈妈分开了，由奶奶抚养长大。每当辰吉看到其他孩子有妈妈的疼爱，可以跟着哥哥、姐姐们出去玩时，他总是很伤心地想，“为什么只有自己是一个人呢?”

“奶奶，我妈妈呢?”辰吉问奶奶。

奶奶用皱巴巴的手抚摸着辰吉的头回答说:“你妈妈已经走了，去了那个地方”。

辰吉不知道“那个地方”是在哪里。那个地方云来云往，那个地方会是天上吗？一想到这儿，他的眼里顿时布满泪水。

“奶奶，我妈妈什么时候回来?”辰吉追问道。

奶奶摸了摸孙子的头说:“你妈妈已经到天上去，变成了星星，她再也不会回来了。妈妈每天晚上都会在天上看着你乖乖地健康长大哦。”就这样，辰吉相信了奶奶的话。

从那之后，辰吉每天晚上都走到屋外，仰望黝黑的夜空中闪烁着的点点星光。“哪颗星星是我的妈妈呢?”他嘀咕着，独自一人，一直在夜空的星星中寻找。

辰吉曾经听奶奶说过，人死后都会上天变成星星。夜空中闪烁着的星星有好多好多啊！有的很大，发出明亮的光芒；有的一动不动，只是闪耀着红光；还有的很小，像萤火虫一样只有微弱的光。辰吉心想，到底哪一颗才是自己心爱的妈妈呢?

“妈妈一定是在我家的屋顶上看着我。”辰吉一直坚信着。他在头顶的星空中不断找啊找，终于把一颗看起来很温柔、不太大、光也不太亮的红色星星当作了妈妈。那颗星星仿佛噙满泪水，泪汪汪地注视着下方，一动也不动，似乎在诉说着什么。

辰吉不停地喊着:“妈妈，妈妈。”他吹着夜风，久久地站在外面。

“辰吉，不能一直吹风呀，会感冒的，快进来。”奶奶在屋子里喊道。

于是，辰吉一边进屋一边说:“我在看属于妈妈的那颗星星。”每当这时，奶奶就用布满皱纹的大手默默地抚摸着辰吉的头。

日子就这样一天天过着，辰吉也满十二岁了，他不得不离开奶奶，到五六里地外的一个村子去打工。辰吉第一次来到陌生的地方，感到非常寂寞，每天早晚，当周围没人的时候，他就会想奶奶现在怎么样了？这时，他的眼里总是饱含泪水。

这家的主人是个相当严厉的人。他对辰吉说：“如果不努力工作，你就不会成为一个像模像样的人。”于是吩咐辰吉做了很多事情。辰吉又是跑腿，又是倒水，忙得连休息的时间都没有。累得不行了，他就会想起慈祥的奶奶，感到无比怀念，更心存感激。

但是，每次吃完晚饭，辰吉还是会走到外面，像在自己家一样仰望天上的星星。在这里也能看到那颗温柔的红色星星。辰吉想，死去的母亲一定是跟着自己，在这个家的屋顶上守护着自己吧，。

“妈妈一定什么了解我所有的事。”辰吉仰望着星空自言自语地说着。

在村子的尽头有一座寺庙，寺院里有一棵参天的大杉树。夏末秋初的时节，天气还是十分炎热，孩子们也喜欢到凉爽的寺庙里玩捉迷藏的游戏。

“这棵树都长到天上去了呢。”一个孩子抬头看着高高的杉树说。这时大家也都玩累了，来到树下休息。

“笨蛋，天高着呢，树怎么可能长到天上。”另一个孩子反对说。

“这棵树就是长到天上了去。”之前说话的那个孩子又重复了一遍。

“笨蛋，天比这棵树高一里，二里，十里，百里，甚至更高，更高。”反对的孩子接着说。

大家饶有兴致地听着，有说有笑的，又说起了别的事情。

“可是，星星不就是像挂在树顶上一样吗?”前面那个说树长到了天上的孩子说。

“虽然看起来像，但其实并没有。”另一个孩子还是坚决反对。

“今天的天空确实很低的样子啊。”其他孩子说。

“老师说过，秋天空气清新，所以天空清晰可见，看起来就会离我们很近，很低的样子。”反对的孩子接着说。

“可是，如果不是离得这么近，还能看到树顶吗?瞎子!”一开始说树长到连着天的那个孩子生气了。于是，不同意见的两个孩子吵了起来。

“喂，不要吵架！住嘴!”其中年纪最大的孩子劝说道。

“听说有的星星上是住着人的。”另一个孩子打断了他们的话。

这时，辰吉想起奶奶曾经告诉他，人死后都会上天变成星星。而且从刚才开始，他也觉得天空已经低到了这棵树的顶部。

“会不会是妈妈下来了?”他心想。

那两个孩子还在争吵。

“吵架又有什么用，谁上树看看不就知道了。”年纪大的孩子说。

但是，谁也不敢爬到这棵大杉树的顶部。

“我上去吧。”辰吉突然说。

大家都一脸惊讶地看着辰吉。

“你要上去?”

“这树太高了，你可能会掉下来!”

“你真的能爬上去吗?”大家看着辰吉，不约而同地问道。

辰吉默默地点点头。然后，他在树底下脱下他的小木屐，开始爬树。

大家目瞪口呆地看着上面，看着辰吉往上爬。天色已经暗了下来，只有树枝随风摇曳。星星在夜空闪烁着美丽的光芒，仿佛就挂在了树顶。

辰吉慢慢地往上爬。越爬越高，越爬越高，直到小小的身体彻底钻进了黑暗的树枝之间，消失了。

“他应该已经爬到那么高的树顶上了吧。”孩子们在下面议论纷纷。

“怎么样了，他怎么还没下来呢。”

“喂。”树下的孩子们喊叫着。

不知道为什么，不管他们怎么叫辰吉都没有回应，也没有下来。孩子们觉得不可思议，一直站在树底向上眺望。夜风吹拂着树枝，发出轻微的窸窣声。直到四周完全变成了黑夜，孩子们开始感到害怕了。

“一定是这棵树上有大蟒蛇，已经把辰吉吃掉了。”其中一个孩子说。

孩子们一听这么说被吓地大叫起来，赶忙从树底下退了出去，远远抬头看着。有的孩子直接往家的方向跑去。最后树下只剩下辰吉穿的那两只小木屐了。

虽然有的孩子逃回了家，但也有的孩子担心辰吉的安危，在树下待了很久也没有离开。

“为什么要爬到这么高的树上。”听到消息过来的大人们聚集在一起，疑惑地问。

由于是晚上，天色昏暗，没有一个人敢爬上树去。他们所做的只是在树底下大声喊着，但是依旧没有任何回应。

“明天我们就知道是怎么回事了。”有人这么说了一句，于是大家也就都回去了。

天不知不觉亮了，人们又聚集到树下。其中一个大人爬上了树，他发现竟然只有辰吉的衣服挂在树枝上，人却不见了。大家震惊极了，谁也不知道真相，不知道到底发生了什么。有人说辰吉变成了蝙蝠，也有人说辰吉是变成了猫头鹰。

手风琴

秋风乍起，来到高原上的别墅的城里人慌忙逃回城里，这一带已经看不到人影了。治助爷爷一个人离开村子，住到山上的小屋里，砍柴烧炭。他觉得镇上的人们有些奇怪，都很害怕大自然。同样是人类，为什么那么怕冷风呢?更奇怪的是，他们为什么看不出这景色的美丽呢。“从现在起，这里就是我的天地了。”老爷爷微笑着说道。当他坐在石头上，看着前方时，太阳正好进入那边的山脉之间，一团金色耀眼的云团在前方奔驰。前头插着旗子，骑在马上的将士们在前面打着旗子，高举着剑，军队紧随其后。老爷爷想起了四五十年前的少年时代，自己玩战争游戏、捉迷藏游戏时的样子。刚进山，红日便探出半边脸，照在高原上，不知不觉间，红日已变成了一片鲜红，山漆树和花楸树的叶子星星点点，像火一样点缀在其中。在暮色蔚蓝的天空下的祭坛上，可以看到有蜡烛被点着，为了人们祈祷。“在这里经常能看到剑峰呢。”老爷爷对着那遥远的、覆盖着千古积雪的、尖牙般的山峰双手合十。

治助回到自己的小屋后不久后，听到不知从哪里传来手风琴的吹奏声。“可能还有人住在别墅里吧。”老爷爷侧耳倾听，总觉得那个声音是真挚而悲伤的。这时，一个皮肤黝黑的男人来到了小屋门口，他穿着破衣服，肩上挎着书包，手里拿着一把风琴。“好像是以前在哪见过啊。”老爷爷看着男人的脸说。“我来过村子两三次，是个走村串户的卖药人呀。”“啊，是药师啊，休息一会儿再走吧。”老爷爷把男子带进了小屋。男子说，他每次来这个村子，都要翻过那边的山，而且每年的这个时候，都要经过这片高原。

“你卖是什么药呢?”老爷爷问，男人就把自己带的药说了一遍:“这是我冒着生命危险上山采的草根和树的果实制作的，它们并不是随便拿来骗人的东西。就连摘一根胡萝卜，我也要拴上绳子挂着，拼上性命。另外，这只熊胃是我冬猎时打到的，绝对不是捡别人的。吃了这个药就没有什么病治不好的。我是不会说谎、不会伪装的人，怎么会给那些生病痛苦的人一些未知的东西呢？现在的社会，人们不在乎是否欺骗别人，只要它不是毒药就没关系，因此有人因为吃的药没有效果而死去。我父亲也是卖药人，他冒着生命危险卖药，一生都在贫困潦倒之中。我从小就上山，哪里的山崖上长着什么，哪里的山谷里长着什么草，什么时候开花结果，我都一清二楚。父亲说，卖药是关乎人命的生意，不能掺杂对人有害的东西。他曾经说过，只要是自己采摘制作的，就可以放心出售。之后我接替了去世的父亲的工作，这把手风琴也是父亲留下的。”

老爷爷顿时觉得他是个非同寻常的男人。到镇上的药店一看，最近不管什么药，都是来自其他城镇。而且它们装在闪闪发光的漂亮容器里，上面赫然印着功能标签。老爷爷想，你这种药即使在乡下也不好卖吧。于是老爷爷问到“你这样走街串巷，药能卖出去吗?”。“假货卖得很便宜，所以我的药不容易卖出去。药，只有生病吃了才知道是不是真的，所以人们并不会立刻认为它是真的。”“听说首都有很多大工厂，生产各种各样的药，用来治疗各种疾病。”“您相信那种药吗?老爷爷。”“这个嘛，我没吃过药，所以不知道。”

男子一脸落寞地抬头望着开始渐渐变暗的天空。“老爷爷，我能不能在这小屋的角落住一晚呢?”男子拜托道。“好啊，这么晚要到村子里去可不得了。”那天晚上，两人在烧炭的炉灶旁聊了起来。夜风吹过，落叶飘零，落在小屋的屋顶上。天亮以后，男人出门的时候说:“如果老爷爷有肚子疼的情况，请拿着这个。”他给了老爷爷一点黑色的药。“这是什么?”“是熊的胃。这只熊是只大家伙呢。”“这么昂贵的东西，我不能收下啊！”“人不管怎么样，也会生病的。如果明年我没来的话，后年就会来。如果我还是没有来的话，您就当拴着我的绳子断了，我从悬崖上摔下来死了吧。”男人说。“那么，你也要好好保重啊。”老爷爷和他告别了。在秋草繁茂的高原上，传来了一阵徐徐远去的手风琴声。

“真是一个奇怪的人呀。”当老爷爷工作的时候，他想起了那个人说的话，是有道理的。他想起了可爱的孙子因为胃病，两天就死了，好不容易买来的药却没有任何效果。“那个时候，如果有这个熊的胃就好了，它可能会救下孙子的命啊。”老爷爷拿着男子留下的用纸包着的熊的胃，把它塞在了腰间。

山坡上有一棵山樱树，树枝一直垂到了老爷爷的头顶上。今年，它的叶子已经凋落了，枝条上光秃秃的，但叶子落了之后，明年要开的花的花蕾依旧坚挺着，显现出来。爷爷一看便知道，在开花之前，这棵树必须经历猛烈的暴风雨和大雪的季节，但是，这棵小树可以平安无事地度过这一难关，迎来春天，又一次绽放出美丽的花朵。可是，上了年纪的我，还能再看到那些花吗?但是，得到良药后，他的想法改变了。老爷爷满面春风，突然有了工作的干劲。“他真是个奇怪的药师。也许是上帝看到了我的虔诚，才赐予我良药呢。”老爷爷侧耳细听，似乎还能听到某处传来的手风琴的声音。

一根银针

一

哥哥和妹妹总是在海边的沙滩上亲密地玩耍。爷爷是驾船能手，在这一带没有人不知道他是“海上之王”。他几乎一生都生活在海上，经历了很多有趣和痛苦的事，不知不觉中他上了年纪，不再当水手了。老爷爷有一个儿子，与老爷爷一样，也是一名水手。有一天，他把老爷爷、妻子和两个孩子留在家里，出海去了。不巧的是，那天晚上刮起了猛烈的暴风雨，海中看起来就像漩涡一样。家人们都很担心。然后，他们一直等着他平安归来，但是，他最终出海，再也没有回来。爷爷觉得他是因暴风雨而船破死去，但是不忍心看到儿子的妻子和孙女伤心，就说：“他可能去了某个地方避难了，我们再等两三天吧。”

人啊，无论遇到怎样的不幸，随着时间的流逝，就会慢慢忘记。两三天后，儿子乘坐的船还是没有回来。有一天，那艘船的碎片被海浪冲到了海滩上。看到这一幕，老爷爷多么悲伤啊。儿子的妻子非常伤心，以至生病去世了。两个孩子失去父亲和母亲，从那时起，就由爷爷抚养。听着吹过海面的风发出梆梆的响声，老爷爷侧着耳朵听，想着这是不是儿子活着回来了。半夜，海浪的声音像啜泣声一样微微地在耳边响起，仿佛是儿子的妻子在哭泣。

爷爷很疼爱他的两个孙子。不知不觉，岁月流逝。兄妹二人关系很好，一起在沙滩上玩着白色的、黄色和其他各种花朵，就这样长大了。两个人没有父母，但因为有爷爷的疼爱，所以他们很幸福。随着年龄的增长，哥哥自己想成为一名水手。爷爷在他心爱的儿子死于海上之后，无论如何也不想让孙子成为一名海员。在听到大家都称爷爷为“海上之王”后，哥哥不管怎么说也想成为一名优秀的海员。“我无论如何都想恳求爷爷，让我成为一名海员。”哥哥对他的妹妹说。“如果哥哥去了海边，我不知道会有多寂寞。”妹妹哭着回答说。对妹妹很温柔的哥哥安慰说：“在遥远的海上那边，有一个神奇的岛屿，如果去那里的话，会有很多新奇的东西，我会给你带回来。”

妹妹也从爷爷那里听说了那个不可思议的岛屿的故事。她听说海中有野兽的獠牙、金色的鸟蛋、可以提取香水的草，还有一到晚上就会唱歌的贝壳，所以她就拜托哥哥说说：“哥哥，给我一个金色的鸟蛋和一到晚上就会唱歌的贝壳。

作为我的礼物，请一定要带回来。”因为她想让鸡给金色的蛋提供温暖，让它变成美丽的鸟。“我不会忘记给你带回来的，你也拜托爷爷帮我实现愿望吧。”哥哥说。妹妹答应了，在哥哥向爷爷求情的时候，自己也一起求情了。老爷爷并没有马上回答。“我听说大家都说爷爷是海上之王。请让我成为第二个海上之王吧。”哥哥说。“你能下定决心，我很高兴，但如果船再遇上暴风雨坏了，那就无可挽回了。”老爷爷想了想，但是，最后还是答应了孙子们说的话。

二

爷爷在听说孙子即将开船，就深夜起床，为即将出海的孙子缝制要挂在船上的帆。无论遇到多大的风都不会裂开，无论被多大的雨和海浪打到也不会破裂，爷爷缝制时非常小心谨慎。妹妹和哥哥一起请求爷爷允许哥哥出海，但她不禁担心起哥哥的安危。“请一定要让哥哥平安回来。”她祈祷道。

那天，妹妹一边担心着哥哥，一边走在路上，看到一个僻静的地方有一条小河，小河上有一座狭窄的桥，一个老婆婆正在因为过桥而感到很困扰。因为没有行人经过，妹妹觉得老婆婆会这样站在那里很长时间。妹妹一看到那个老婆婆就觉得她很可怜，她想着无论如何也要牵着她的手，帮她过桥。走到老婆婆身边一看，她是个盲人。妹妹吃了一惊，她不禁想，这么一个看不见的人，怎么能独自走到这一步呢?

“老婆婆，您怎么了？您一定很为难吧，我来牵着您的手。”妹妹说。于是，失明的老婆婆用一种理所当然的语气说道:“你背着我，帮我过桥。”妹妹心里觉得她是个十分蛮横的老婆婆。而且，如果自己背着她的话，会很危险而无法过河。“我牵你的手吧。”“不，背着我吧。”老婆婆摇摇头说。妹妹没办法，费了很大劲才背着老奶奶过了桥。

于是，失明的老奶奶摸了摸已经变白的头发，从中拿出了一根银针。“这针是一根神奇的针，什么愿望都能实现，所以我把它送给你当做感谢礼物，千万不要随便给别人用，也不要给别人看。”说着，老奶奶把银针给了妹妹，妹妹高高兴兴地回家了。那天晚上，爷爷帮哥哥缝制船帆，用奶奶送给妹妹的银针一边缝着一边祈祷哥哥能平安回家。一般情况下细的银针不太能穿透厚布，但它却能穿透。因为是神奇的针，所以爷爷做的船帆，无论刮风下雨都不会破。

三

雪白的帆做好了，挂在了船上。然后，一天早上，年轻人在妹妹和爷爷的目送下，从这片海岸出海。他渐渐到了海面上，那里的景色非常壮观。海浪们还以为白色的浪只是他们玩耍的地方，没想到一艘挂着白帆的船突然挤了进来，被吓了一跳。“这个世界是我们的世界。可是，比我们更白的、更大的东西却在我们的头顶上踩来踩去，真是太过分了。”说着，海浪骚动起来。不管波涛如何翻涌，那之前被称为“海上之王”的老爷爷的孙子所乘坐的船却毫不在乎。船越过波浪的上方，进一步向海里前进。

“到那边的岛上，捡回金色的蛋和一到晚上就会唱有趣的歌的贝壳，作为送给妹妹的礼物吧。如果我能顺利完成这次航行，就会成为一名优秀的水手了。总有一天，人们会说我是海上之王的继承人。”年轻人忍不住这么想。海浪无论怎么骚动，都做不了任何事。这时，一阵风吹过天空。海浪平时和风的关系不太好，但在这种时候，他想让风站在自己这边，于是他叫住风，对风说:“那么小的船的船身，就可以在我们的世界随意走动，这不是太自大了吗?我想把它沉下去，但是光靠我们的力量是不行的，请帮帮我吧。”海浪恳求着。

风听到他这样请求，不能说不行。而且，风也正想大吼一声，于是就说:“行，让我大吼一声!”他立刻接受了，大声地怒吼着，朝着挂着白帆的小船撞了过去，小船像树叶一样在波浪上荡来荡去。年轻人想到爷爷曾经也有过这样的遭遇，并与之斗争过。还想到了他的父亲，一定是遭遇了这样的事情，他的船坏了，沉没了。他觉得现在正是检验自己能力的时候，所以用尽全力与风浪搏斗。但是，在风的帮助下，波浪越涨越高，然后，越过白帆了。

年轻人感到很遗憾，好不容易来到这里，却没能到达梦想的岛屿，只能白白成为海底的碎屑，死在海里。还有很多落在岩石上的白鸟被海浪卷走了立足处，在暴风雨的怒吼中，不停地悲伤地叫着。不一会儿，天就黑了。到了晚上，风也没有停。海浪从四面八方涌来，想要尽快把船沉没。年轻人想起了爷爷，又想起了妹妹。爷爷为他制作的船帆，在这样的大风下也没有裂开。年轻人认命了，任凭自己随波逐流。

月亮仿佛冲破乌云，照亮了天空。月亮照耀着海面，让海面微微亮了起来。就在这时，白帆的一边发出了异样的光芒。在船上很苦恼的年轻人没察觉这一点，但眼尖的风很快就发现了。妹妹为了祈祷哥哥平安无事，把失明的老婆婆送给她的银针插在没人注意到的地方，那是月亮映在了银针上。风看到这道光，吓了一跳。因为那个可怕的双目失明的老奶奶一动不动地坐在光下。双目失明、白发苍苍的，是北极冰面上的老婆婆。不管是海浪还是风，只要进入了老婆婆所在的土地上，就会被立刻停止呼吸，或者被冻住，这要取决于老婆婆的心情。暴风雨一看到老婆婆，就停住了，悄悄地逃走了。海浪也平静下来了。

就这样，年轻人探索完岛屿后安全回家了。果然，大家都称他为第二个海上之王。

一棵柿子树

在很久很久以前，山林中住着一只乌鸦，这只乌鸦已经垂垂老矣。不过遥想当年，他也和如今年轻小家伙们一样，意气风发，也曾傲然掠过山巅，俯视着脚下的山谷，松林和村落。有时飞往幽静的深山，有时飞向惊涛拍岸的海滨，更飞越过人类的城镇。

强风拂面，我自岿然。委身于风，随风轻舞，它如空中的落叶扭动着曼妙的身姿盈盈飘落，将落未落之际又玩笑般冲进云霄。拂晓时分，黑夜还未完全褪去，薄雾冥冥间星星依旧在闪烁，黑夜的尽头传来乌鸦的长鸣。

那声鸣叫惊醒了沉睡的森林和原野，万物睁开了惺忪的睡眼，看着这只早起的乌鸦，她咬牙切齿地称赞道："好一个精力旺盛的家伙！" 这只乌鸦年轻时可真是朝气蓬勃，无拘无束且幸福。但如今廉颇老矣，它的翅膀变得滞涩而难以挥动，眼神也不复往日的神采。

有一天山中突降大雪，气候变得异常寒冷。这只年老的乌鸦羡慕于其他年轻乌鸦可以飞往远方的村落和海边觅食，自己却只能立在枝头呆呆地望着天空。在这大雪天里觅食极为困难，一只饥肠辘辘的黑雕发现了这只乌鸦。

乌鸦此时饥寒交迫，正倚在枝头假寐，突然察觉到天空中有异样的动静。一听到那声音，瞬间毛骨悚然，那是一种来自于血脉深处的恐惧。于是他睁大昏花的老眼向远处定睛一瞧，那正是自己最恐惧的生物—黑雕！而且正朝着自己飞过来！

乌鸦吓得拼命逃窜，不过无论是逃向山谷还是逃向大海都难逃魔爪，恐怕只能逃向村落或城镇了。他想着只要跑去人类多的地方，黑雕就不会追过来了吧。于是乌鸦拼命地往人类的村落飞去，风雪交加，如一把把刀子般迎面袭来，撕扯着他的羽翼，渗出点点殷红。不过令他恐惧的是，身后那个巨大的身影伴随着音爆声在不断接近。死亡的深渊在不断吞噬着他最后的希望，不过此时远处出现了袅袅炊烟和零星的村落。于是他像抓住救命稻草般，哀鸣着冲进了村边的树林。

黑雕一看到人类的房子，立刻放弃了这次捕猎，飞回了深山。乌鸦此时惊魂未定，很庆幸摆脱了危险，不过翅膀却受了重伤，身体也因饥寒交迫而绵软无力，就连树枝都抓不稳了。心中的那口气一松便眼前一黑，“扑通”一声砸进地上洁白的雪中。

村子里有一个少年，当时刚好在树林里拾柴，意外的发现了这只昏迷的乌鸦。“好可怜的乌鸦啊，翅膀怎么伤得那么重，是从什么动物爪下逃生受的伤吗，也有可能是生病了吧。”少年蹲在它的旁边，一边抚摸它的羽毛一边说道。少年将乌鸦带回了家，拿来了新捣好的软糯的年糕，并撕成碎丝喂给了它，乌鸦吃下去之后逐渐恢复了精神。当少年出门拾柴归来时，乌鸦早已跑得无影无踪。

乌鸦深深地铭记着少年的恩情。这个冬天诸事顺遂，到了第二年，有一天少年在院子里听到一阵阵嘈杂声。抬头一看，有两只乌鸦立在枝头，其中一只在地里埋了什么东西。在那天之后又过了几天，下了一场雨，雨停之后暖暖的阳光照在了院子里，一颗核桃苗破土而出，长出翠绿的嫩芽。核桃树在快速地成长，少年对它也十分重视，到了秋天它已经长得一尺多高了。不过到了冬天下雪时，核桃树从根部断裂了。

少年对此十分伤心，却又无可奈何。在这之后的某一天，院子里又传来一阵阵乌鸦的嘈杂声。少年抬头一看，如上次一样，两只乌鸦立在枝头，其中一只往地里埋了什么东西。

这一次，地里长出的是柿子树幼苗。少年认出这只埋种子乌鸦就是当年在雪地里哀鸣的那一只，至于树上的那一只，应该是它的朋友或者孩子吧。少年吸取了之前的教训，对这颗柿子树更加精心照顾。到了冬天时，他给树枝支上了棍子以防大雪将它压断。两三年过去了，柿子树以肉眼可见的速度飞速长大了。

不知不觉中少年也长成大人，无论他的年纪多大，他的性格都始终如一，一直都那么温和又善良，村子里的人们都很崇敬他。而且，这个男人也生下个可爱的孩子。在那时，柿子树也已经长得又粗壮又高大，于是每年它都能结很多果实。 “这颗柿子树是乌鸦给我们种的呢。”曾经的少年，也是如今的父亲，对他的孩子们如此说道。

“乌鸦为什么要给我们种树呀?”孩子们仰着头，疑惑地询问父亲。于是父亲，将整个故事详细地说给了孩子们听。“那只乌鸦很久以前就死了，你们就不要胡思乱想喽。”他又说道。 又是一个秋天，柿子树又挂满了大红灯笼。村里的孩童们围着柿子树嬉戏玩乐，时不时摘下一颗圆润的柿子放在嘴里吮吸。

及至深秋树梢上仍挂着一些果子，但那只可怜的乌鸦早已不在了，不过它的子子孙孙会从山林中飞来，停在枝头享受这场晚秋最后的盛宴。

故事讲到这就结束了，男人吻了吻孩子熟睡的脸。

月亮和海豹

北方的大海被冻成了银色。在漫长的冬季，太阳很少在那里露面，因为太阳不喜欢阴暗的地方。海水浑浊得像死鱼的眼睛，海上每天都在下雪。

一只海豹妈妈蜷缩在一座冰山的顶部，茫然地看着四周。这是一只善良温柔的海豹。她每天环顾四周，记挂着她心爱的孩子，因为在秋天开始时，她的孩子失踪了。

“我的孩子啊，你去了哪里呢……今天也仍然没有发现你的踪迹啊。”

寒风不断地吹着，蓝色的海水在此时变为了银色，白色的雪落在她的身上，对于失去孩子的海豹，一切景色都让她感到悲伤。

呼呼吹过的风，吸引了海豹。“你有看到过我家的小家伙吗？”可怜的海豹用哽咽的声音问道。一直在肆意吹拂的风暴，在海豹的寻问下稍稍停止了呼啸。

“海豹妈妈，你是因为思念着失散的孩子才每天盘踞于此吗？我之前是不知道你为什么这么做啦。我现在正在与雪决斗。长期以来，我们一直在进行一场赌上性命的竞争，看看是雪会接管这片海，还是我会接管。但我已经走遍了这一带的大海，并没有看到任何海豹幼崽。他们可能还在冰层后面哭泣吧......，下次我会更加注意的。”

“你可真善良啊。不管有多寒冷，我都将在这里耐心等待，所以当你在这片海面上跑来跑去时，如果看到我的孩子在哭着找他的父母，还请告知我一下。无论他在哪里，我都将飞越冰山去接他……。”海豹的眼中含着泪水说道。风很着急地回头看了看他要去的地方，说：“但是呀海豹妈妈，秋天时渔船会经过这一带，如果在那个时候你的孩子被人类抓住了，就没有办法回去了哦。那这次我一定好好帮你来找找，要是还找不到的话，就请放弃吧。”说完这些话，风就跑了。

随后，海豹用哀伤的声音哭了起来。

海豹每天都在等待着风的到来。 但是这做了约定的风啊，无论等了多久，都没有再回来。

“那个风怎么样了呢.......。”

海豹十分担心风的情况。

之后也接连不断的有风吹来，但海豹并没有看到上次的风再次吹过。

“你好，你现在要去哪里呢......。” 海豹问着在她面前经过的风。

“谁知道呢，去哪儿这事可说不准。我们只是跟着我们的同伴前进罢了......。” 这股风回答说。

“我已经拜托过前方的风了，好想听到它的答复啊，可是.......。”海豹悲伤地说道。

“这么说与你约定过的风还没有回来吧。我不知道是否会遇到它，但当我遇到时，我会转告它的。 ”这样说着，这股风就走了。

灰色的大海，寂静无声。而雪在与风搏斗，雪花飞舞的到处都是。

就这样静静的待着时，海豹想起有一次，月亮照在她身上，说道：″你孤独吗？″ 那时，她仰望着天空，向月亮诉说着：″我很孤独，我很孤独啊！ ″

海豹想起当时月亮忧虑地看着她，随后消失在一片黑云后面。

这只孤独的海豹日日夜夜蜷缩在冰山顶上，想着她的孩子，等待着风的到来，同时也思虑着月亮的事情。月亮从未忘记过海豹。与太阳不同的是，太阳四处游走，快乐地俯视着繁华的城市和盛放的田野，而月亮一直看到的是沉闷的城市和黑暗的大海，以及人类生活的悲惨状况和那些因饥饿而哀嚎的可怜的野兽。

当月亮看到失去孩子的海豹妈妈在冰山上悲伤地咆哮着、夜不能寐时，它为她感到难过，尽管它已经习惯了这个世界上的许多悲伤。

大海是如此的黑暗和寒冷，没有任何东西可以让海豹的心感到愉悦。

“你孤独吗？〞月亮与海豹搭话道。海豹抬头看了看天空，抱怨着自己心中的难过。

但月亮对此无能为力。

从那天晚上开始，它希望自己能做些什么来安慰这只可怜的海豹妈妈。 一天晚上，它俯视着灰色的大海，沿着空荡荡的道路匆匆前行，心中想着那只海豹妈妈到底发生了什么。风仍然很冷，雪在冰山上空低低的飞舞着。

那天晚上，那只可怜的海豹仍然蜷缩在冰山顶上。

“你孤独吗？”月亮轻轻地问。

海豹看起来比以前瘦了一些。 她悲伤地仰望着天空，向着月亮诉说：〞我很孤独啊！我的孩子还不知在何处呢。”

月亮用着苍白地面孔看着海豹，它的光芒把可怜的海豹映照的通体苍白。

“世界上没有我看不到的地方。 要不要听一个遥远国度的有趣故事？〞月亮对海豹说。

海豹摇了摇头，向月亮请求道：“请告诉我，我的孩子在哪里呢？承诺过找到我的孩子后会告知我的风，还一直没有消息。如果你知道这个世界的一切，那么我不想听别的，就请告诉我我的孩子现在在哪里？在做什么？”

月亮听到这些话后沉默了，它不知道该说些什么。因为世界上有太多悲伤的事情了，不仅是海豹这样的，还有儿童丢失、被绑架、被杀害等等，它无法一件件全部记住。

“在北海这一带，有很多海豹也和孩子失散了。但你比他们更悲痛，因为你对孩子很疼爱，所以我很同情你。 总有一天，我会给你带来让你快乐的东西......”说着，月亮又躲到了云层后面。

月亮从未忘记它对海豹的承诺。 一天晚上，在南方的田野里，年轻的男人和女人在盛开的花丛中一边跳着舞，一边吹着笛子和鼓。而月亮从空中看到了这些。

这些男人和女人都是牧民。 这个地方的天气已经很暖和了，每个人都要到田地里去耕种。在田间劳作一天后，黄昏时分，他们会在月下这样跳舞，驱散一天的疲惫。

男人们跟着牛羊在月下沿着迷雾重重的道路返回，女人们在花丛中休息。他们陶醉在花香里，沉浸在柔和的微风中，慢慢地睡着了。

这时，月亮看到草地上扔着一个小鼓，决定把它拿给可怜的海豹。

没有人注意到月亮伸手拿起了那面鼓。那天晚上，月亮带着鼓向北走去。

北方的大海仍然是冰冷的银色，寒风呼啸。而海豹仍然蜷缩在冰山上。

“看，我带来了我承诺的东西。”月亮说着，将鼓给了海豹。

海豹似乎很喜欢这个鼓。不久后，当月亮照在海面上时，冰块开始融化，海豹的鼓声也透过海浪传了过来。

早晨的公园

那是一个十分寒冷的早晨。女佣阿春带着自家的小姐来到公园里玩，小姐今天穿着一件红色斗篷。公园里因为刚刚升起的太阳有了一些暖意，里面有秋千和滑梯。小孩子们聚在一起玩耍，笑声一阵一阵的，很是开心。

但是小姐却只是一个人在玩。阿春坐在长椅上，看着带来的少女杂志。因为在乡下的时候就开始喜欢读书的缘故，所以来这里以后，阿春每个月都会从零用钱里拿出一部分用来买些杂志，工作结束后或者空闲的时候就满心欢喜地拿出来看。

小春正在沉迷于那本杂志上的少女小说。故事描绘的是有一个可怜的家庭，一位令人敬佩的少女为了帮助生病的母亲和弟弟而努力工作的事情。阿春看了一会儿杂志，陷入了沉思。这时她突然听到了小姐的哭声，阿春猛地站了起来一看，小姐不知怎么地从滑梯上掉了下来，眼泪止不住地在流。

“哎呀，怎么了？”阿春猛地一惊，急忙地飞奔向小姐那里。可还没等阿春跑过去，有一个衣衫褴褛的男人已经先跑到了那边，把小女孩抱了起来。

“乖，乖，好孩子，好孩子。”那个男人安慰着小女孩说道。

“谢谢您。”阿春向男人道谢说道，从男人怀中接过了小女孩，然后又问：“小姐，摔倒了吗？哪里有疼吗？”小姐好像只是有点受到了惊吓，不过好在并没有受伤。

阿春终于放下心了，然后再看看刚才那个男人，他已经回到了对面的长椅上，好像从昨天晚上他就一直这样一动不动，双手交叉低着头。

“一定是没有一个归处吧。”阿春听说，最近有个可怜的人因为没有住宿的地方，所以只能在公园里过夜。所以心想那个人可能也一样吧。

阿春抱着小女孩，在对面的长椅上坐下。然后好像想起什么似的，不时地看向那个可怜的男人。但是男人好像完全没有注意到有人在看他，只是一直垂着头。

“是没有工作吗？还是因为上了年纪，不能工作了？”阿春一边思考各种各样的事情时，一边注视着那个男人。不知何时，阿春父亲的身影浮现在她的眼前。不知道是不是心理作用，那个男人的身影好像有和阿春的父亲有着相似的地方。

“没有兄弟姐妹，也没有孩子，是独身一人吗？”这么想着，阿春觉得在故乡工作的父母的身影历历在目，于是决定今年年底送些父母喜欢的东西给他们。

“我们回家去吧，过段时间再来玩吧。”说着，阿春拉着小女孩的手，回家去了。在回家的路上她们看到公园花坛里的花已经因天气寒冷而枯萎，现在就连耐寒的红色花朵都没有了。但是，从黑色柔软的土壤上，明年要开的花草的嫩芽已经扑哧扑哧地露出了绿色的芽头。离开公园的时候，阿春又回头看了看那个流浪者一样的男人。男人还是像之前看到的一样，低着头，一动不动。

正好是那天的中午。阿春出去办事的时候，公园旁边的孩子们说，刚才有个流浪者模样的男人摔倒在地上，被警察给带走了。阿春心想不会是刚才把小姐抱起来的那个热心肠的男人。

阿春问其中一个孩子说道：“你看到那个人了吗？”

那个孩子说：“我看见了。穿着短袖和短裤，戴着黑色帽子。”

阿春说道：“啊！难道那个男人已经死了？”阿春知道了倒下的就是刚才那个男人，顿时满脑子都是可怜那个男人的感觉。

那个孩子回答道：“警察说，天气这么冷再加上他什么也没有吃，肚子饿得晕倒了。所以，他应该是不会死的。”

“那他会被带到哪里去了呢？”

“是啊，会在哪里呢？”

但是孩子们似乎很快就忘记了这一切，一会儿放风筝，一会儿捉迷藏。

阿春办完事回到家，从自己的工资中取出一枚五十钱银币。然后用纸包好送到派出所的警察那里。

“请把这个送给在公园里倒下的人。”说着就递了过去。

巡查一脸不可思议地看着阿春的脸，阿春就把从今天早上起发生的的事情说给了警察听，于是他点点头说:“真是令人钦佩的精神，我一定会送去的，不知道他会有多么地高兴。”于是警察爽快地接受了委托。

真吉和母亲

真吉很听母亲的话，因为真吉的母亲想让可爱的真吉早日成为一个优秀的人，所以在平日里经常对真吉说道："作为一个人，最重要的是对他人真诚以及不欺负比自己弱小的人。如果觉得自己所做的是正义的话，不管对方多么的强大，都不必害怕，一定要说出自己所坚定的事情。过去那些伟大的人都是这样的人。即使贫穷也绝对不能有不好的想法，如果碰到身处于困难中的人的话，自己对他人有用东西也要分成两份并且给那他人一份。"

真吉无论在外面还是在家里，都经常帮助母亲做事情，但是由于父亲不在的原因，所以不得不出去做佣工，而且要去遥远的东京。因为东京住着一个真吉不怎么熟悉的叔叔，他帮真吉找了一份还算不错的工作。所以真吉不得不离开美丽的村庄。这里有他怀念的河流、森林、宽阔的田野，还有关系很好的朋友、可爱的小狗佩斯。不仅如此，还要和温柔的母亲分别，真吉感到非常的悲伤。"只要我和妈妈在一起，无论多么遥远的地方自己都会愿意去的，因为和妈妈在一起自己一点儿也不孤单。"想到这里，真吉不禁流下了泪水。

母亲终归还是担忧着孩子，自己还没有长大的宝贝儿子从身边离开是一种特别的痛苦。母亲一个人擦了擦泪水，默默地想着："如果真吉在夜里踢了被子，又有谁会像以前那样给他重新盖上呢？希望真吉不要感冒啊，以前都是我一直在照顾他，现在他自己一个人出远门，也没有人能照顾他了。"

但是，由于家里的情况，母亲对于让真吉外出务工的事情也无能为力。日子一天一天过得很快，终于，真吉出发的日子到来了。母亲觉得不能让真吉看到自己哭泣的样子。于是母亲抱了抱真吉对他说："来，打起精神，路上小心点，到了那边，你拿着这个红色的包袱出了检票口，叔叔看到了就会来接你的。你一定要记得我平时对你说的话，要成为一个伟大的人。我一个人在家里会好好的，一定不要担心。"

真吉听学校老师说过，作为一个男人是不会哭的，所以强制自己忍了下来，只是说了一句"我走了"。然后真吉对着母亲鞠了一躬，随后便走出了家门。之后，真吉每走一段路就回头看一看，留恋不舍。就这样真吉走了两里路，直到到达了镇上，在那里坐上了火车离开了母亲。

这是真吉第一次坐火车去远方，心里很是不安。真吉缩到窗户旁边，望着自己村子的方向，看见他的好朋友小武和小哲在大街上玩耍。真吉的脑海里清晰地浮现出小狗佩斯摇着尾巴，纳闷真吉今天为什么不在的表情。真吉再也忍不住，把脸埋在在臂弯里抽抽搭搭地哭了起来。这时火车开动了，慢慢地跑着，跑着，不知不觉间连真吉熟悉的山都看不见了。

真吉心里想着："这个时候，母亲怎么样了呢？"他哭泣的眼睛里仿佛看见了正在工作的母亲的身影。就这样，又过了一个小时，真吉也不再哭泣。想着即将要初次见面的叔叔，想着自己快点长大，成为母亲的靠山。

从坐上火车之后的第九个小时到达了东京，叔叔在检票口接到了真吉。

"你能一个人来，真是让我很吃惊啊。"说着，就像对待自己的孩子一样，抚摸着真吉的头。从真吉到达东京的第二天开始，叔叔拖着有些劳累的身体带着真吉在热闹的东京游玩了两三天，真吉觉得他真是个温柔的好叔叔。

过了几天，真吉终于要去叔叔给他找到工作的那家店了。

到了店里，叔叔对真吉道："你要好好遵守老板的吩咐，认真努力地工作哦。而且平时不能出去，但是在过年的时候可以好好玩哦。"

店主是个非常严格的人，定下了以下规则："不允许闲逛，也不允许住在这里，如果有的话，请立刻离开。"

真吉来到这里以后，时刻遵照老板的吩咐工作。另外，因为和自己的朋友关系很好，所以受到大家的喜爱。因为受到喜爱，真吉自己觉得在东京的生活也还可以，可每当晚上和早上醒来的时候，想起的都是母亲那慈祥的脸庞。

"这个时候，母亲怎么样了呢？"真吉非常思念母亲。到了晚上，真吉给母亲写了一封信，过了三四天，母亲回信了，真吉打开一看，上面写着："妈妈身体还很健康，所以你不必担心。儿子啊，你一定要保重好身体，好好工作呀。"

真吉一想到这是母亲寄来的信，就非常的想念母亲，于是把母亲的来信珍藏起来。又过了十天左右，真吉又开始思念母亲了。终于忍不住，又写了一封信寄给母亲。只是这次真吉等了很久也没有等到母亲的回信。随着一月、二月的过去，真吉越来越想念母亲和乡下的事物。

“话说回来，为什么妈妈不写信来呢？她是不是生病卧床了？想到这里，深深思念着母亲的真吉终于忍不住了。

不久，新年到了，真吉终于有了一天的空闲时间。过年时要去投宿，有亲戚在东京的人是可以在东京住宿的。真吉很想去很久没见的叔叔家里。这时真吉突然听到了从那边车站发出来的火车出发的汽笛声。

“对了，只要有一天，我就能回到乡下，回到母亲的身边。”真吉这么一想，摸了摸在他的口袋里揣着的零用钱，真吉就立刻奔向车站，正好碰到有开往北边的火车，于是坐上了这趟回家的火车。

火车里坐着的都是准备去滑雪的人，很是热闹。真吉看着这个场景想到："一下雪，母亲上街就不知道有多不方便。但是这些人却因为可以玩雪而很感到很高兴。”这么一想，真吉就觉得那些人有一些讨厌。不知不觉地，那些人也陆续的在途中下车了，一直坐在车里的除了真吉之外只有三四个人，空旷的车厢显得有些冷清，就连窗外看到的积雪也越来越深了。

但是，一想到晚上就可以看到心心念念的母亲了，真吉高兴的心情就像要飞起来一样。好不容易到达半年前从家乡坐火车的车站时，天已经完全黑了。路上不仅积了很深的雪，而且天上的雪还在一直下着。真吉想起了母亲认识的一家绸缎店，就顺路去借个灯笼。看到真吉突然回来了，绸缎店的老板娘吃了一惊，于是便问道："哎呀，你怎么回来了。”

真吉解释是因为很担心母亲，就回来看看。

老板娘告诉真吉说："是这样啊，你母亲真的还很健康呢而且很能干，昨天她还来我店里了，买了点布料说是要给去东京的儿子做春天穿的衣服，然后就回去了。”

真吉听了这句话，担心着母亲的的心放松了下来，之前紧张的心情也消失了。然后，母亲发自内心的教诲清晰地浮现在了真吉的脑海里："你不用担心我，好好工作吧。”真吉心想：“就算现在能回家，这么大的雪，明天也很难回东京，不回去的话老板应该会担心的吧，既然知道了母亲还很健康，那就马上坐夜行车去东京吧。”绸缎店的老板娘热情地问真吉要不要住一晚再走，但是真吉没有留宿，直接回到火车站坐车出发去东京了。

第二天，真吉一到东京，就马上回到店里，把昨天发生的事情如实告诉了老板，老板对真吉的孝心非常的感动，但是老板告诫了他今后不能因为感情用事而做出未经思考的事情。

真吉长大后成为了一位出色的商人，而且对母亲也更加孝顺了。

姐妹分别变为鸟和树的故事

有一个地方住着一个和蔼的老婆婆，这个老婆婆知道很多故事，不论是恐怖的故事，还是不可思议的故事，亦或是奇怪的故事，她都知道。下面的这个故事是老婆婆告诉我的。

在很久很久以前，有一对关系很好的姐妹。姐姐非常疼爱妹妹，妹妹也非常仰慕姐姐。姐姐的性格十分温柔，很容易流泪，但是外表不是很漂亮。妹妹和姐姐一样温柔，但是她比姐姐更活泼。而且眼睛像铃铛一样又大又圆，嘴唇像常夏之花一样红，有着一头又黑又长的披肩长发，她的美丽倾国倾城。

随着两个人的年龄逐渐增大，她们在河边一起散步的时，也会注意到倒映在水中的自己的长相。

有一天，两个人像往常一样在河边散步，河边开满了白色的和粉色的花。姐姐在水边看着自己的长相，红着脸问妹妹："妹妹，你生得这么美丽，而我生得如此丑陋，一定是因为你在上辈子做了很多很多的好事，于是神给了你这么美丽的长相。而我虽然不知道我上辈子做了些什么，但一定是我犯了什么罪吧，于是神就让我以丑陋的外表降生在这个世界上。"

妹妹听了姐姐的问题被吓了一跳，瞪着眼对姐姐说："姐姐，你在说什么呢！对于人来说，相比于外貌和身材，灵魂才是最重要的。有多少人不知道灵魂之美的重要。不是有很多像姐姐这样温柔、亲切、孝顺的人吗？你的心比天上的星星还要漂亮灿烂。正如姐姐所说，人如果有下辈子的话，那么姐姐一定是这个世界中最幸福美丽的人，能得到大家的喜爱与羡慕吧。听了妹妹说的话，姐姐便不知不觉泪流满面了。

"不，不，我们不再说下辈子之类的话了。我只是想和你永远做个好姐妹，一直像这样生活下去，但我觉得这不可能的，所以我很难过。比那朵花更美，比那蝴蝶更漂亮的你，为什么总是一个人寂寞地住在这里呢。一想到这个，我的胸口就喘不过气来。"姐姐说。

"姐姐，我能丢下你和父亲去哪儿呢。我要一辈子在父亲和你身边生活。而且，我们还要在下辈子成为被别人所羡慕的姐妹，一定要出生在一起！"妹妹哭着抱着姐姐。两个人抱在一起，很久没有说话。突然，这对姐妹的父亲得了眼病，一开始，她们想着父亲的病马上会好的，但是父亲的病情逐渐恶化，生活变得不方便了。

姐姐非常孝顺，不分白天昼夜地照看父亲，但不知道为什么父亲的病还没好，姐姐十分伤心。在姐姐累的时候，妹妹替姐姐照顾父亲。但是看起来是恶性眼疾，不是很容易就能治好的。

“请你在家好好照看父亲。我去给父亲找药。”姐姐留了下来，上至高山，下至深谷，收集能作为眼药的草根和岩石间滴下的清水，对父亲做了很多护理，但是这些药对眼病没有效果。

“啊，靠我们的力量是治不好父亲的眼病的。该怎么办才好呢？不管怎么样，神啊，用我们的生命作为交换也好，请把父亲的眼睛变得像以前一样好。”两人向神祈祷。

后来有一天，一位陌生的男旅人正在门口问路。正在这时，他看到两个正在照看父亲的姐妹，于是说：“这是一种治不好的眼疾，你们不管怎么照顾他都没有用吧。”

这对姐妹被吓了一跳，抬头看这个男人的脸。这个男人冷静地说：“请不要怀疑我说的话，我对眼睛非常了解。“

她们说：“既然这样，能不能请你来治好父亲的眼疾呢？“

“我在这里有治眼睛的灵药。这个药是从粉碎了千百万个贝壳中发现的，是无论什么东西都不换的珍宝。听说南方的国王不惜赌上国家，来寻找这个药，而我现在在带药去的路上。”男人回答说。

两个人听了以后，更加吃惊了。“求求你了。正如你所看到的，我们没有什么东西可以换那个药。我们可以把命给你。请把那个药分一点给我们。”两个人恳求男人。

“这个药只有一份，我不能分给你们。但是如果你们能给我想要的东西，我就把这个药送给你们。”男人说。

“不管是什么东西，只要是我们有的，都会送给你。”两个人发誓说。

男人从小箱子中拿出了一块石头，这块红豆粒大小的石头闪着银色的光芒。“看，就是这个，把这个石头放在盘子上，等到它融化的时后你们把它放到你父亲的眼睛上。”男人告诉她们。

这对姐妹将这个发着光的小石头放到了盘子的白面上融化。然后，将它放到了父亲的眼睛上。不可思议的事发生了，一直以来的父亲闭着的眼睛睁开了，他的眼睛以肉眼可见的速度变好了。

两人被灵药的效果惊得瞪大了双眼。这时，男子说：“那么，让我来告诉你我的愿望。请把你美丽的妹妹给我”。

这对姐妹的心中感到十分疑惑，但因为之前的约定，她们俩现在也不能拒绝。

“姐姐，我去。”妹妹哭着说。姐姐和父亲都哭着为离别而悲伤。可是，事到如今姐姐已经无能为力了。最后，妹妹被男人带走了，离开了这个家。

妹妹走了之后，姐姐一个人孤独地生活着。现在妹妹会在哪里呢，她过着怎样的生活呢。妹妹的消息一点也没有。姐姐一个人在小河里走走停停，思念着妹妹。不知不觉走到了以前两个人一起走过的路。姐姐不管看到了脚下盛开的花，还是空中漂浮着的云的影子，都感觉像它们是在担心妹妹的安危。

从那以后，姐姐每天都在河边伫立着，一动不动地看着倒映在水面上的自己的身影，思考着什么。看着飘在空中的云倒映的在水中的影子，姐姐泪流满面。有一天，奇怪的事情发生了。姐姐快天黑了还没回家。在夜空中，姐姐的身体逐渐消失，然后出现了一颗柳树。

在妹妹离开家后，她和那个男人去了陌生的其他国家旅行。在这段时间，男人苦苦寻找，又找了些眼药。不久，他漂洋过海，准备将药献给南方的国王。

男人和妹妹坐船渡海。不知道航行了几天，船到了海的正中间，不管从哪边看，都看不到山和岛屿。只有从东方升起的鲜红的太阳照亮了夜空。然后，到了傍晚，远处的地平线像火焰一样燃烧，太阳沉入了海里。他们的船随着晚霞前进。后来，又过了好几天，船终于到达了那个南方国家的港口。男人立马就这个灵药献给了国王。作为谢礼，男人获得了广阔的土地，过上了无忧无虑的生活。

这个国家总是开着各种各样的花。而且四季如夏，草木繁茂，到处有美丽的蝴蝶飞着。

妹妹已经离家好几年了。在这期间，她思念父亲，也思念姐姐。最后，她因为过于思念，最终生病了，每天沉默寡言。男人看到她这个样字，觉得十分可怜。男人问她："你想回故乡吗？"。

妹妹泪流满面，默默地点了点头。男人说："既然这样，你可以回家，但是，这里离你家虽然没有几千里这么远，但坐船也不知道要几年。在这段时间，海上一定会刮风下雨。你是女人身，你为什么要回去呢？"。

听到这个，妹妹马上伤心地哭了。妹妹在海岸的岩石上，看着海面，思念着故乡而哭泣。那时，正好国王路过。

国王看到女人哭，就派仆人去问她为什么哭。妹妹说了整个故事。国王听到这妹妹说的，觉得她十分可怜。随后，从家臣中叫来了年迈的魔法师。然后，国王对魔法师说，为什么不想办法让这个女人回到故乡呢。这位魔法师拄着长长的拐杖，有着长长的眉毛，白发苍苍，他恭敬地低下了头，说道："像你这样的身体，你是熬不过这段路程，回到千里之外的家乡。我必须要改变你的身体，才能让你回去。"。国王说："不管怎样，只要是你能做的，就把她变成你想要的样子。"。

魔法师用他带着的拐杖尖戳了戳女人的肩膀。很快，美丽的妹妹消失了，她变成了一只燕子。燕子在国王头上的天空转了两三圈。然后，它的身影消失了，不知道飞到哪里去了。

燕子不分白天黑夜地飞越大海。累了的时候，燕子停在船顶休息。然后，几天后，妹妹回到了她原来的家。父亲健在。但是，变成鸟的妹妹已经说不了话了。然后妹妹去寻找姐姐，但是她没找到姐姐。妹妹飞到了河边。那里伫立着一棵柳树，很像她思念的姐姐。这一定是姐姐！她于是她就停在了树枝上。

燕子停在柳树的树枝上，不停痛哭。柳树的树枝也被风吹得不停地摇晃，像是对妹妹做出了回应。在秋天结束前，燕子每天都在柳树旁边盘旋。后来，天气变冷了，燕子不知飞到哪里去了。可从那以后，在每年的春天，都会有不知从何处飞来的燕子，停在柳树上。

著者略歴

李　暁光（り　ぎょうこう）
1983年生。
黒竜江省出身、北京第二外国語大学日本語文学修士。
現在、中国の大学にて日本語講師。日中比較文学研究、
3カ国語習得に関する研究。

小　川　未　明
ISBN978-4-434-32413-0 C3097

発行日　2023年6月　15日　初版第1刷
総字数　74千字
著　者　　李　暁光
発行者　　東　保司

発　行　所
<ruby>櫂歌書房</ruby>（とうかしょぼう）
〒811-1365　福岡市南区皿山4丁目14-2
TEL 092-511-8111　FAX 092-511-6641
E-mail:e@touka.com　http://www.touka.com

星雲社（共同出版社・流通責任出版社）